長編小説

淫夜

究極オーディション

草凪 優

竹書房文庫

目次

※この作品は竹書房文庫のために
書き下ろされたものです。

第一章　最後のセックス

1

ゴージャスを絵に描いたような空間だった。

地上四十一階、百平米近い広々としたリビングからは、暮れなずむ東京の景色が一望できる。調度や照明、観葉植物までいちいち金がかかっていそうで、宍戸《ししど》圭一郎《けいいちろう》は場違いな気分を隠しきれなかった。

国内外のＶＩＰ御用達のスイートルームらしい。一泊の宿泊料金は百万円ではきかないという。特別に設けられた立食スペースに、バトラーが芸術品のようなオードブルを運んできた。シャンパンやワインの料金まで加えれば、今夜ひと晩で二百万くらい請求されてもおかしくないだろう。

生涯に一度のことだからな……。

圭一郎は胸底《きょうてい》で小さく溜息をついた。金のことは考えるのはよそうと思った。贅沢に慣れていないので、目の前の光景が壮大な無駄遣いにしか見えなかったが、いまさら後悔しても始まらない。

立食スペースでは、三人の男女がグラスを傾けながら談笑していた。

いずれ劣らぬ悪党ばかりだった。悪党と言ってもいろいろあるが、女を扱うプロたちである。昔風の呼び方をすれば「女衒《ぜげん》」ということになる。女を食い物にして肥え太っている、倫理や道徳とは縁遠い連中だ。

AV女優を多く抱えるタレント事務所の社長——島津祐也《しまづゆうや》はまだ三十代半ばと若いのに、相当なやり手らしく、六本木ヒルズに事務所を構えているらしい。いまでこそ高級スーツの袖《そで》から高級時計をチラつかせる、見るからにヤングエグゼクティブな雰囲気だが、最底辺のスカウトマンから成り上がったとかで、業界では生ける伝説になっているという。

紅一点の浅丘智恵子《あさおかちえこ》は、中洲を中心に九州で最大の勢力をもつソープランドグループの会長だ。歳は六十前後。彼女もまた、魑魅魍魎《ちみもうりょう》が跋扈《ばっこ》する闇社会を女の細腕一本でのしあがった伝説の女帝であり、一般人の圭一郎は遠目で見ているだけでそのオーラに圧倒されそうだった。

そして最後のひとり、三國雅彦《みくにまさひこ》は純粋な女衒ではない。女だけで稼いでいるわけではなく、金の匂いのするあやしげな話に目がないブラック探偵だ。金さえ積めば、できないことはないと豪語している。実際にどんなことをやっているのか想像したくもなかったが、圭一郎が最初に知りあったのは彼だった。三國に頼んで、この企画をプロデュースしてもらった。

裏にまわれば真っ黒でも、三國はいちおう、表通りに探偵事務所を構えている。圭一郎としては、それほど期待せず、むしろダメで元々という感じで彼の事務所を訪れたのだが、三國は無類の聞き上手だった。気がつけば、胸の奥に秘めていたひそかな欲望までつらつらと話してしまっていた。常識的に考えれば、「ハハッ、ご冗談を」と一笑に付される話だったが、三國は真顔でうなずいた。

「素晴らしい」

圭一郎の秘めた欲望とは、こういうものだった。

人生最後のセックスをプロデュースしてもらいたい——。

それに先立つこと二週間前、人間ドックで前立腺癌が見つかった。医者は手術を勧めてきたが、前立腺を摘出すれば、男性機能は失われる。ペニスが女と愛しあえる形に隆起しなくなり、ただの排泄器官となってしまう。

それでも、命と引き替えとなれば、医者の勧めに抗《あらが》うこともできず、圭一郎は手術に挑む決断をした。

皮肉なことに、告知を受けたのは五十歳の誕生日だった。五十年も生きていれば、病《やまい》のひとつくらい得るのもやむなきことだろうし、それほどセックスにこだわる必要もなかった。圭一郎には現在、ペニスを硬くして愛しあいたい相手などいない。妻とは五年前に離婚しているし、恋人、愛人、彼女……馴染みの風俗嬢さえひとりもいない。つまり、癌など見つからなくても、圭一郎のペニスはとっくにただの排泄器官となっていたのである。

それゆえ手術への決断は早かったが、決断してみれば一抹の淋しさが胸底を吹き抜けていったのも、また事実だった。いや、一抹どころではない。たとえ五年間セックスしていなくても、今後の人生で二度とできなくなるという日が迫ってくると、尋常な精神状態ではいられなかった。

男でなくなってしまうのだ。人間としての寿命は延びるかもしれないが、男としては死ぬのである。

いま現在、セックスをする相手がいなくても、過去には当然いた。セックスによってこの世に生まれてきた悦《よろこ》びを嚙《か》みしめ、熱い涙を流したこともあれば、男女関係の厳しさに直面し、それを糧《かて》として成長してきたところもある。

圭一郎にとって、セックスこそ人生の愉悦《ゆえつ》であり、道場だったのだ。

かといって手術をやめてしまうこともできず、悩みに悩んだすえ、ネットで見つけた胡散《うさん》くさい広告を頼りに、三國の事務所を訪ねた。

「人生最後のセックスをプロデュースしてもらうことは可能でしょうか？」

窓から強烈な西日の差しこむ応接スペースで、圭一郎は額から脂汗《あぶらあせ》を流しながら言った。

「むろん、最後なのだから、できるだけいい女を抱きたい。そのへんのコールガールなんかじゃなくて、もっと特別な相手でなくては気がすまない。実現できるなら、金に糸目はつけません」

幸いなことに、圭一郎は懐《ふところ》に余裕があった。ありすぎるくらいだった。五年前、離婚した直後に勤めていた会社も辞めたのだが、いい歳をしてひとり暮らしの失業者というみじめな生活から、ＦＸへの投資で奇跡の逆転を実現したのである。

現在、総資産は十億円をくだらない。それまで馬券の一枚もあたったことがなかったのに、どういうわけかＦＸでは投資すればするだけ、倍々ゲームで資産が増えていった。

とはいえ、禍福《かふく》はあざなえる縄のごとし、とはよく言ったものだ。離婚と失業でどん底に突き落とされ、ＦＸで一発逆転したかと思えば、今度は癌が発覚……人生とはそういうバランスで成り立っているものなのだろう。

「僕はね、四十五歳のとき一度死んだようなものなんですよ。いろいろなものを失って、捨て鉢になって……投資に失敗して野垂れ死ぬなら、それはそれでしかたがないと腹を括《くく》って全財産を突っこみました……」

西日のあたる応接スペースで、圭一郎は気がつけば涙を流していた。いままで誰にも、そんな話をしたことなどなかった。

「女だってね、もう懲《こ》りごりだって思っていたところがある。しかしね、もう金輪際セックスができなくなるという境遇になってみますとね、考えるのはセックスのことばかりなんですよ。白い女体が、夢にまで出てくる。ハッと眼を覚ました瞬間、叫び声をあげたくなる。セックスがしたい、セックスがしたい、セックスがしたい……魂《たましい》の叫びですよ。自分でも滑稽なのはわかってます。もちろん、わかっているんですが……」

「なにが滑稽なものですか」

三國は神妙な顔で首を横に振った。

「セックスというのは、人間の根源ですよ。それによってこの世に生まれ落ちてくる、まさしく生命の神秘そのものだ。偽善者たちが卑猥だ猥褻だと眉をひそめても、誰だってそこからは逃れられない。セックスが生きる活力、エネルギーになることを含めて、我々はもっと真摯《しんし》に向きあわなければならないはずです」

「……わかっていただけますか？」

「もちろんです。しかし、男として死を宣告されても、人間としてはもう少し生きながらえたいというのも、ごくまっとうな欲求でしょう。あえて死に急ぐことはない」

「自分で相手を見つける甲斐性もないなんて、情けない限りです。でも、二週間後には手術なので、見つけたくても時間がないんですよ。残った手は風俗くらいしか……でも、風俗じゃ……」

「当然です。最後にとびきりのいい女を抱いて男としての幕引きをしたい。そのためなら金に糸目をつけない。素晴らしい。拍手喝采としか言いようがありません。誰もが見る夢であっても、実現できるのはごくひと握り、いや、ひとつまみの選ばれた人間でしょうしね」

「……金なら、あるんです」

「金なんていくら貯めこんでもあの世には持っていけませんからな。重要なのは、いまわの際《きわ》になにを思いだすかです。男なら、女に決まってますよ。いい女を思う存分抱いたこと、これに勝る冥土《めいど》の土産《みやげ》を私は知りません。成功間違いなしと言われている手術だって油断しちゃいけない。医者のミスであっさり命を落とす患者なんていくらだっているんです。二週間後には手術なんですね？　手術台の上で麻酔を打たれて眼を閉じるとき、宍戸さん、あなたはなにを考えますか？　女でしょう？　女の形、女の手触り、女の匂い……しかし、五年もセックスから離れて記憶が曖昧《あいまい》なままじゃ、安心して手術に臨むことだってできません」

「まったくです……まったくその通りです……」

「問題はいい女とひと口に言っても、結局のところピンキリだってことでしょうな。ピンのピンをつかむためには、それなりの金が必要になる」

「……ちなみにいかほど？」

「具体的な話は置いておいて、私の人脈を使えば、女優、モデル、女子アナなんかを用意することも決して不可能じゃない」

「いや、あの……そこまでは……」

圭一郎は苦笑した。さすがに冗談だと思ったからだ。

「僕はなにもね、テレビに出ている有名人を抱きたいわけじゃないんですよ。たとえて言えば……街ですれ違ってハッとするようなタイプとか、オフィスでお嫁さんにしたいナンバーワンと言われているOLとか……なんて言うかな、ごく普通なんだけど、キラリと光るものがある人が好きなもので……」

「ちょっと待ってくださいよ、宍戸さん。最後のセックスの相手ですよね？」

「ええ……」

「だったらもうちょっと欲を出しましょうよ。冥土の土産になるんですよ」

「たしかに……言われてみれば……」

圭一郎は照れ笑いを浮かべた。好みのタイプは嘘ではなかった。しかし、普通以上に綺麗な女が、嫌いなわけではもちろんない。

「こんなアイデアはいかがでしょう？　オーディションをするんです」

「オーディション？」

「そんじょそこらじゃ見つからないようなとびきりのいい女を、そうですね……三人ほど用意しましょう。実際に面と向かって品定めして、選んだひとりとそのまま朝まで腰を振りあう……場所は高級ホテルのスイートルームがいいでしょう。男として有終の美を飾る儀式の場所だ。しょぼくれたところはよしたほうがいい。豪勢に金をかけて、ひと夜の夢を演出するんです。いまわの際に瞼《まぶた》の裏に浮かびあがってくるような、めくるめく瞬間を……」

2

オーディション当日、圭一郎はセミオーダーした英国製のスーツと、新調した靴を履いてホテルに向かった。

物欲がなく、商談するような相手もおらず、夜遊びの習慣もないせいで、まともな服を持っていなかったからだが、高級ホテルでとびきりの美女たちをオーディションするなら、こちらにもそれなりの装《よそお》いが必要だと考えたからだ。

「よく、お似合いですよ」

三國がニヤニヤ笑いながら褒めてくれた。

「見違えた、と言ってもいい。これでオーディションが盛りあがるのは間違いなしでしょう」

彼の事務所を訪れたときは、袖のすり切れたシャツと膝が抜けそうなズボンを穿いていたので、なるほど見違えたことだろう。ネットバンクの残高を見せるまで、金があるという話も信じてもらえなかったくらいだったから。

「それじゃあ、そろそろ始めましょうか」

三國に声をかけられ、圭一郎はソファから立ちあがった。

スイートルームの部屋には、本当のオーディション会場のように、ひとつの椅子と、それに相対するように六つの椅子が並べられていた。六つの椅子のほうに、関係者が座る。女たちはベッドルームを控え室にして待機しているので、まずはタレント事務所社長の島津と、九州ソープ界の女帝である浅丘、そして圭一郎の三人が腰をおろした。プロデューサーの三國は立ったまま司会進行だ。

「それじゃあ、最初の方、どうぞ」

三國が控え室のドアをノックすると、扉が開いた。

出てきたのは、ピンク色のワンピースを着た、二十歳《はたち》前後の美女だった。美少女、と言ってもいい。彼女が出てきた瞬間、その場が急に明るくなり、甘い香りがする風が吹き抜けていったような気がした。

「乃愛《のあ》です。よろしくお願いします」

ペコリと一礼し、椅子に腰かけた。

圭一郎はあんぐりと口を開いていた。瞬《まばた》きも呼吸も忘れ、乃愛と名乗った女の子に見入っていた。

いくらなんでもここまでのレベルを用意しているなんて、と啞然とするような美しさだった。驚くほど小さな顔に、それとは反対に驚くほど大きな眼。鼻筋は綺麗に通り、唇はふっくらしてイチゴのように赤く色づいている。なによりも、ミルク色に輝く若い素肌がまぶしすぎる。生脚《なま》の膝なんて、磨きあげられたようにつるつるだ。

島津がすっと立ちあがり、乃愛の隣でプレゼンテーションを始めた。

「宍戸さん、彼女を見て芸能人かと思いましたか？　普通、思いますよね？　半分正解です。彼女は三カ月前まで、某人気アイドルグループの下部組織に所属していたんです。はっきり言って、あとほんの少し我慢してれば、選抜チームに入ってテレビで歌って踊れる姿が見られたでしょう」

アイドルの卵、ということらしい。

「しかしまあ、諸々の事情があって、わたくしどもの事務所に移籍し、AV女優としてデビューすることになりました。デビュー作の撮影を来週に控えてます。その前にひとつ、運試しとしてこのオーディションに参加してみることにしました。もちろん、賞金の額にも相当心動かされましたがね……でもそれ以上に、ひと癖もふた癖もありそうな闇紳士が用意したとびきりの女と、競いあえるのを楽しみにしています」

「乃愛さんの年齢は？」

三國が訊ねると、

「二十歳です」

島津はきっぱりと答えた。

「運転免許証のコピーを三國さんに渡してありますから、間違っても未成年じゃありません。ここでぜひ強調しておきたいのは……」

衝立《ついたて》の向こうから、なにかを持ってきた。ハンガーに掛かった二着の服だった。夏服の白いセーラー服と、黒いミニドレスだ。

「二十歳という年齢は、特権的な年齢だってことなんです。美少女にもなれれば、大人の女にもなれる……」

島津は乃愛を椅子から立たせると、セーラー服を前にあてた。乃愛は圭一郎をチラリと見ると、恥ずかしそうに眼を伏せた。はにかんだその表情に、圭一郎は息を呑んだ。心臓を撃ち抜かれた、と言ってもいい。

「どうです？　本物の女子高生みたいでしょう？　いや、我々男が夢に見ている幻の女子高生と言ってもいい。この清らかさ、この可憐さ、この透明感、いまどきのリアル女子高生にはない、男の夢がぎゅっと詰まっている。はっきり言って、本物以上の輝きがあります」

圭一郎は無意識にうなずいていた。島津の言っていることは、大げさな営業トークだと切り捨てられない説得力があった。

「しかしですね、服をこっちに替えてみると……」

乃愛の前に、今度は黒いミニドレスをあてた。

途端に乃愛の表情が変わったので、圭一郎はまた、心臓を撃ち抜かれた。大人の女の表情に変わったのだ。それも、小悪魔チックというかコケティッシュというか、やらかい半分に男に甘えてくる、愛らしい大人の女に。

「彼女は小学生時代から劇団に所属していたので、二十歳という特権的な年齢に加えて、ナチュラルな演技力があるんです。装いによって、どんな女にもなりきってみせる。想像してください、宍戸さん。服を前にあてただけで、これほど印象が変わるんですよ。下着まできっちり整えてベッドインしたら、いったいどうなってしまうのか……もちろん、服は十着以上、下着はそれ以上に様々なパターンを用意してあります。

ひと晩中楽しむということは、二回戦、三回戦もあるわけですよね。この乃愛なら、ひと粒で二度も三度もおいしい。純白パンティの清純女子高生、ガーターストッキングで誘惑してくる小悪魔、さらにはCA、ナース、メイド、何度でも楽しめます。腰が抜けるまで何度でも……」

「マグロってことはないでしょうね？」

三國が口を挟んだ。

「こんなに可愛くて、この前まで人気アイドルグループの下部組織……経験不足っていうことは……」

「ご心配には及びません」

島津は乃愛の顔を一瞥《いちべつ》してから、余裕の笑みをもらした。

「たしかに、三十歳過ぎの熟女に比べれば、経験不足は否《いな》めないでしょう。しかし、そのかわりに羞《は》じらいがあり、好奇心があり、なにより伸びしろがある。宍戸さんに身をまかせるこのひと晩で、女として開花してもなんの不思議もありません。むしろ、その可能性は低くないと考えている。わたくしどもも、AV女優を育てるプロですからね。そういう見極めはできる。清純な美少女の初アクメ、これに勝る男の悦びはないんじゃないでしょうか？　宍戸さんにはぜひとも、それにチャレンジしていただきたい」

圭一郎は唸った。体が小刻みに震えだすのをどうすることもできなかった。乃愛のごとき美少女は、圭一郎にとってもっとも縁遠いタイプだった。モテない青春時代を送ってきたからだ。

中高とも男子校、大学では男友達と麻雀ばかりしていたので、同世代の女子からは洟《はな》も引っかけられず、いつだって悶々としていた。これではいかんと一念発起し、恋人をつくるために努力しはじめたのは三十歳近くなってからなので、セーラー服の女子高生は恋愛対象からはずれていた。興味がないのではなく、興味を示せば逮捕されるリスクがあるからだ。

とはいえ、昔から憧れだった。モテなかった二十代のころ、通勤電車の中でよく見かける女子高生に、勝手に名前をつけて妄想をふくらませていた。ツンと鼻につく若牝《めす》のフェロモンに導かれ、道に迷うまで尾行したことだってある。

決して手を出してはならないからこそ、惹《ひ》きつけられるなにかがあるのが美少女なのだ。夢を現実にするという意味では、最後のセックスの相手として、乃愛以上に相《ふ》応《さわ》しい女はいないかもしれない。

「なにか質問はございませんか？　彼女に直接……」

島津に声をかけられ、圭一郎はハッと我に返った。

「あっ、いや、それじゃあ……いままでいちばん興奮したセックスを教えてもらえませんか？」

言った瞬間、顔が熱くなった。清らかな二十歳に投げかけるにしては、あまりにも露骨な質問だった。あらかじめ用意しておき、三人全員にそれだけは訊ねようと決めていたのだが、さすがに軽蔑されてしまうか……。

しかし、乃愛は恥ずかしそうにもじもじしながらも、きっぱりと答えた。

「彼氏と夜の小学校に忍びこんで、教室や校庭でしたことです」

鈴を鳴らすような声と、言っている内容のどぎつさがハレーションを起こした。

夜の小学校？　不法侵入のうえに野外プレイまで……。

いや、その前に……。

「彼氏がいたんだ……」

「はい」

「アイドル予備軍なのに……」

「だからですよ……」

思いつめた顔で見つめられた。

「アイドルなんて……たとえアンダーの子たちでも、すごく孤独なんです。淋しくて、心細くて、自分だけの味方になってくれる人が欲しい……恋愛禁止なんて言われても、みんなやってますから」

「しかし、それにしても、小学校なんて……」

「ごめんなさい。普通引きますよね。でも、正直に答えました。しかも、彼氏に無理やりとかじゃなくて、あたしから誘ったんです」

「自分から？　それはどうして？」

小学校の教室や校庭に、並々ならぬ思い入れでもあるのだろうか？

「記憶に残りたかったからです」

乃愛はワンピースの裾《すそ》をぎゅっと握りしめながら言った。

「そういう変なことすれば、覚えていてくれそうじゃないですか？　思い出になるというか……別れたあとでも、忘れてほしくなかったから……だからあたし、ちょっと大胆なこと、したがるところがあります。自分を抱いてくれた男の人には、いつまでも覚えていてほしいから……たとえ一回だけの関係でも、そこに縁があるわけじゃないですか？　エッチしたってことは、もう他人じゃないわけでしょう？　だから、できることならずっと……あたしのことを……」

乃愛がちょっと涙ぐんだので、圭一郎も目頭が熱くなってきた。なんていい子なのだろうと思った。見た目だけではなく、これほど情の深い女と最後のセックスができれば、いまわの際にかならずや思いだしたくなるだろう。

自分でもどうしていいかわからないほどの高揚感を抑えるため、圭一郎はビールを飲んだ。

立食用のテーブルにはシャンパンが冷やされ、見るからに高価そうな赤ワインの栓も抜かれていたが、飲み慣れないものを飲んだりしたら、よけいに心拍数や血圧があがりそうだった。

「そろそろ続けたいと思いますが、よろしいですか?」

ビールをチビチビと飲みながら立食コーナーから動こうとしない圭一郎に、三國が声をかけてきた。気が利かない男だ、と恨めしげな眼を向ける。せっかく美少女との運命の出会いを嚙みしめているのだから、もう少しそっとしておいてくれてもいいではないか。

3

圭一郎の中で、オーディションの勝者はすでに決まっていた。

乃愛に決定だ。

賞金は事務所のコミッション込みで一千万円——。

女の子に五〇%以上渡すように約束しているので、乃愛は少なくとも五百万円もらえるはずだ。これからAV業界を席巻するであろう彼女にとっては端金《はしたがね》かもしれないが、デビュー祝いとしては悪くない金額だろう。

とはいえ、オーディションをここでやめてしまうわけにもいかず、圭一郎は所定の椅子に座りなおした。三國が控え室のドアをノックする直前、こちらを見てニヤリと笑ったので、心臓がキュッと縮まった。

いまのニヤリはどういう意味なのだろう……。

乃愛が最後のセックスの相手として相応しいことは疑いを入れない。いますぐ彼女とベッドインしてもかまわないくらいだ。しかし、この手のオーディションでいちばん最初に切り札を切ってくるだろうか？　女の好みは十人十色、というのはあるにしろ、少なくともプロデューサーの三國から見て、乃愛を超えると思われる極上のタマがあとふたつ用意されている、と考えるほうが自然なのかもしれない。

その予感は、当たった。

控え室からしずしずと出てきた女は、着物姿だった。和装である。若草色を基調とした艶《つや》やかな振り袖を見事に着こなし、彼女が出てきた瞬間、カーンという鹿威《ししおど》しの音が聞こえたような気がした。

「美琴《みこと》です。よろしくお願いいたします」

挨拶の所作も楚々として、背筋を伸ばした座り方が美しい。老舗《しにせ》旅館の若女将《おかみ》のように凛《りん》としている。眼鼻立ちの整った清楚な瓜実顔《うりざね》。首が長く、後《おく》れ毛からほのかに色香が匂いたつ。若女将というには、いささか若すぎるのだが……。

九州の女帝が立ちあがり、美琴の隣に並んだ。

「うちのグループのナンバーワンでおま。器量、接客、ベッドでのあれこれに至るまで、うちがきっちり仕込みました。最高傑作と呼びよったほうがぴったりくるかもしれへんですなあ。なにせぇ、予約一年待ちでおますさかい……」

九州の女帝なのに、なぜかちょいちょい関西弁が混じっていたが、そんなことはどうだっていい。

圭一郎は眼を凝らして美琴を見つめていた。正直に言えば、ソープ業界の女帝が用意するソープ嬢ということで、いささか侮《あなど》っていた。どんな高級ソープでも、二時間で十万円くらいのものだ。ひと晩拘束しても、百万円でお釣りがくる。対してこちらが用意しているのは一千万。割りにあわないと思っていたが、この器量である。しかも、予約一年待ちとまで言われると、興味をそそられないわけにはいかなかった。

「ちなみに、美琴さんのお歳は？」

三國が訊ねると、

「まだ二十二歳でっせ」

女帝は得意げに胸を張った。

「そちらのお嬢さんと二歳しか違いまへん。でも、躾《しつけ》のされ方がAVとソープじゃずいぶんちゃうみたいねんな……」

オーディションを終えた乃愛は、圭一郎たちと並んで椅子に座っていた。浅丘の嘲笑まじりの言葉に、ムッとしたようだった。

「うちとこの子は、それはもう念入りに仕込んでおります。一年待って美琴を抱ける殿方には、性の愉悦いうもんを、嫌というほど味わっていただいております。宍戸はん、ミミズ千匹知ってまっか？　カズノコ天井、巾着蛸壺《たこつぼ》、三段締め、世に言う名器の条件を、美琴はすべて兼ね備えております。抜かずの二発、三発なんて、普通やさかい。そやから、予約一年待ちやねん……」

圭一郎は無意識に身を乗りだしていた。

清楚な美貌、女帝の仕込み、とどめに名器という天性――なるほど、賞金一千万を狙ってわざわざ上京してくる武器は揃っている。

「宍戸さん、彼女になにかご質問は？」

三國がうながしてきた。黙っていると、女帝がひとりでしゃべりつづけると思ったのだろう。

「いや、あの……みなさんに質問するつもりなんですけど……いままでいちばん……興奮したセックスは？」

最後のほうは、小声で言った。艶やかな振り袖姿の清楚な美女にも、露骨な質問はしづらかった。

「そうですね……」

美琴は眼を少し泳がせた。

「わたしの場合、プライヴェートではあまり経験がなくて、この仕事を始めてからはまったくですから、お客さまとのことになってしまいますが……」

「それでかまいません」

「わたし、根っから奉仕好きみたいです。お客さまの悦びがわたしの悦び……建前じゃなくて、心からそう言いきれます。わたしにとって、お客さまが恋人であり、夫であり、時には禁断の愛の相手であったりします。お客さまがわたしの中で果ててくれるとき、いつも感極まりそうになって……実際に、涙を流してしまうことも珍しくありません……」

つまり、涙が出るほど興奮し、乱れてしまうということだろう。すごい、としか言いようがない。彼女の清楚さは本物で、着物姿を見ているだけでは、どんなふうに乱れるのか想像もつかない。きっと想像を絶するような乱れ方をするのだろう。予約一年待ちともなれば……。

「宍戸はん、もしかしてお悩みでっか？」

女帝がこちらに近づいてきたので、圭一郎は身構えた。彼女にはやはり、裏社会に生きる女の物騒なほどのオーラがある。

「もし悩んどるんやったら、こんな理由じゃあらへんこと？　着物を着ていては、裸がいまいち想像しづらい……」

言われてみれば、たしかにそうだった。ワンピースの乃愛は、生地が薄いこともあって、ボディラインがだいたい想像できた。

「着物を脱がす楽しみを奪ってしまってごめんやけど、ほんの触りだけ、この写真をご覧あそばせ……」

女帝はスマホを手にしていた。画面が圭一郎に向けられる。

乳房の画像が眼に飛びこんできた。かなりの大きさだった、ツンと上を向いた形もいい。しかも、乳暈《にゅううん》が気品のある淡い桜色……。

顔は映っていなかったが、美琴のヌードに違いなかった。目の前の彼女とタブレットを交互に見る。着物の下に、まさかこれほどの美巨乳を隠していたとは……。

女帝が画像をスワイプする。次に出てきたのは、引き締まったウエストだった。しなやかにくびれた柳腰で、騎乗位でよく動きそうだ。さらには、メロンのように丸々としたヒップまで……つるんとした肌の美しさに啞然としてしまう。

「もちろん、修整なんてしてまへんで。体のほうも間違いないよって、そこは安心したってや」

踵《きびす》を返していく女帝の後ろ姿を、圭一郎は呆然と見送った。さすがとしか言いようがなかった。オーディションにはあえて体型を隠す着物姿で登場させ、中身をこっそり見せてくるとは、なんて憎い演出だろう。はっきり言って、ヌードを見せられた瞬間、圭一郎は勃起しそうになってしまった。

「もうひとつおまけに、座興でもしまひょか」

美琴の側まで戻った女帝が、腰の位置で二本の指を突きだした。一瞬、意味がわからなかったが、美琴が椅子からおりて女帝の前に跪《ひざまず》いた。躊躇《ためら》うことなく、二本の指を口唇で咥《くわ》えこんだ。

仁王立《におうだ》ちフェラのシミュレーションである。

驚いたのは、美琴の表情の変化だった。指を咥える寸前まで楚々としていたはずなのに、「むほっ、むほっ」と鼻息を荒げて、一心不乱に指をしゃぶっている。怖いくらいに真剣な眼つきなのに、眼の下がみるみる紅潮していくのがエロティックすぎる。口紅が剝《は》がれるのもおかまいなしだ。さらに舌を差しだすと、フルスピードのワイパーのような勢いで動かしはじめた。

唾液の分泌量が多いのだろう。三十秒もしゃぶっていると、顔を引いた瞬間、下唇から唾液がツツーッと糸を引いてしたたり落ちた。

「人前で下品やねえ」

女帝が呆れた顔で叱りつける。

「そないなことは、寝室でふたりきりになってからにせえへんと」

「……すみません」

美琴はうつむいて口を押さえながら、椅子に座りなおした。圭一郎はもちろん、二本の指ではなく、自分のペニスが咥えられたときのことを想像していた。勃起をこらえきれたのが奇跡に思えた。

4

喉がカラカラに渇いていたが、圭一郎はもう、立食スペースに行ってビールは飲まなかった。

椅子から動けなかった。

乃愛に美琴――いずれ劣らぬすこぶるつきのいい女だった。どちらを最後のセックスの相手に選んでも、後悔することはないだろう。しかしそうなると、どちらかを選ばなければならないのが苦しくなってくる。短い時間では、とても結論に辿りつけそうにない。しかもこれから、トリが登場するのだ。他でもない、プロデューサーの三國みずからここに連れてきた女が……。

いったいどんな女が現れるのか、想像もできなかった。待っているだけで心拍数があがり、呼吸は乱れ、手に汗握ってしまう。

三國は、すさまじい緊張感に身構えている圭一郎を一瞥し、

「それでは、これで最後になります」

控え室をノックした。

女が出てきた瞬間、失笑が起きた。圭一郎と並んで座っている島津、乃愛、浅丘、美琴――全員が笑った。

出てきた女が、三十歳前後のごく普通の容姿をした女だったからである。真っ黒いおかっぱ頭には華《はな》がなく、パーカーとジーンズという格好に至っては、高級ホテルのスイートルームを冒瀆《ぼうとく》するような有様で、とても色香を競いあうこのオーディションに相応しい女には見えない。

笑っていないのは圭一郎だけだった。笑うどころか顔から血の気が引いていき、心は千々に乱れてパニックを起こしそうになった。

知っている女だったからだ。

かつて圭一郎と付き合っていた、二十歳年下の元恋人である。こちらは当時既婚者だったので、不倫の相手であり、愛人ということになる。

なぜ彼女が、こんなところに……。

「川奈里穂子《かわなりほこ》です。よろしくお願いします」

自信なさげに腰をおろした里穂子を見て、圭一郎の横に座っている四人は、勝ち誇ったような顔をしている。

なにもわかっていない——圭一郎は胸底でつぶやいた。

なるほど、容姿ではたしかに、乃愛や美琴には及ぶまい。大輪の薔薇《ばら》の花と、かすみ草くらいの差がある。

しかし、セックスになったらどうかわからない。アイドルの卵やナンバーワン・ソープ嬢よりも、圭一郎を満たしてくれる可能性がないとは言えない。

脱いだらすごいのが、里穂子という女だった。

出会いは八年前、勤めていた会社のオフィスでのことだ。圭一郎は課長に昇進したばかりの四十二歳で、里穂子は二十二歳の新入社員だった。地味でおとなしそう、というのが第一印象だった。決して不美人なわけではない。むしろそれなりに整った顔をしているのだが、当時は長かった黒髪をひっつめて、化粧も最低限という感じだったので、とにかく垢抜《あかぬ》けていなかった。

だが、一年も一緒に働いていると、彼女の心根のやさしさに気づいた。お茶くみでもコピーとりでもオフィスの掃除でも、みなが嫌がることを率先してやる。同僚が馬鹿話をしている横で、黙々と備品の整理をしていたりする。

誰かにアピールするためではなく、よく気がつくのだ。喉が渇いたと思うと、お茶が運ばれてきて、コピーをとってほしいときには、いつの間にか側にいる。スーツのボタンがはずれそうになっているのを見つけてくれ、五分ほどで手際よく直してくれたことも……。

なにしろ地味で口数が少ないので目立たないのだが、そういうことが重なると、圭一郎としても気になって、いつしか眼で追うようになっていた。

よく見ると、会社の制服——一般的な紺の事務服が、パツンパツンだった。サイズが合っていないというより、豊満なボディをしているのだ。かといって、ウエストが太いわけではなく、蜜蜂のようにくびれている。バストやヒップ、それに太腿《ふともも》が肉感的すぎるのである。

いやらしい体つきだった。

顔はすっぴんに近く、表情の変化も乏しいから、よけいにセクシーなボディラインが眼を惹いた。

不倫の関係に陥《おちい》ると、そこに「感じやすい」という特徴がつけ加えられた。普段は無口なのに、セックスのときの声は大きかった。声以上に、乱れ方が激しかった。圭一郎は、里穂子ほどよくイク女を他に知らない。自分から求めてくることはないが、求められれば我を忘れて燃え狂う。

たとえば……。

深夜の社内でまぐわったときのことだ。オフィスラブにはありがちな話だが、示し合わせてわざと遅くまで居残り、ふたりきりになったらガランとした会議室に移動。夜景が見えるような気が利いたところではなかったけれど、廊下の突きあたりにあったので警備員が来れば足音が聞こえ、隠れることのできる給湯室もあった。

暗い会議室に入るなり、圭一郎は左手で里穂子の腰を抱き寄せた。唇を重ね、じっくりと舌をからめあいながら、右手で胸のふくらみを揉みしだいた。事務服の紺のベストの上から、たわわに実った乳房を揉むのが好きだった。大きすぎて窮屈そうにしている感じがたまらなかった。

里穂子の巨乳は敏感で、すぐにキスもできないほど呼吸が乱れていく。もちろん、圭一郎は簡単にキスをやめない。息苦しそうにあえいでいる反応を楽しみながら、しつこく舌を吸いたてては、右手でスカートをずりあげていく。

その時点ですでに、里穂子の股間は湿気を孕《はら》んだむっとする熱気を放ち、女体の発情を伝えてくる。オフィスに誰もいなくなったら会議室で始めることを予告していたので、想像しては興奮していたのだろう。

パンストのセンターシームをなぞるように中指を這わせると、里穂子はビクッとして身をすくめた。さらになぞれば、ガクガクと脚が震えだした。酸欠の金魚のように口をパクパクさせているのは、社内で淫らな声をあげることができないからだ。それがあるから、圭一郎はあえて社内で事に及びたがる。

ラブホテルで心おきなく声を出させてやるのも興奮するが、出したくてたまらない声を我慢させるのはもっと興奮するものだ。スカートを脱がせ、パンストとパンティもずりさげて生身の花をいじりまわしはじめると、里穂子は唇を嚙みしめながら恨みがましい眼を向けてきた。

しかし、そんな眼つきをしているうちは、まだまだ全然大丈夫だった。薄闇に眼を凝らし

圭一郎は濡れた花びらをねちっこく指先でいじりまわしながら、薄闇に眼を凝らして里穂子の顔を見た。普段は地味な顔も、発情してくると彼女の顔はたまらなく魅力的になる。蕾《つぼみ》が花開くように色香を振りまき、圭一郎を酔わせてくれる。

そこがラブホテルであれば、オーラルセックスでひときわ艶やかに咲き誇らせてやるのだが、社内でのまぐわいはスピードが命だった。見つかるかもしれないというスリルを感じながら、いつもよりあわてて行うくらいがちょうどいい。

里穂子の両手をテーブルにつかせ、尻を突きださせた。

立ちバックの体勢で狙いを定め、勃起しきった男根を押しこんだ。入口はそれなりに潤っていても、奥までびしょ濡れというわけにはいかない。小刻みな出し入れを繰

り返して、すべりをよくしてやる。

ゆっくりとリズムを送りこんでいくと、里穂子は身をこわばらせた。背中を向けていても、声をこらえているのがはっきりとわかった。ずんっ、ずんっ、と最奥を突きあげるたびに、苦しげに身をよじる。つかむところのないテーブルの上で、握りしめたふたつの拳を震わせている。

圭一郎は悠然としたピッチで腰を使いながら、里穂子の上半身を脱がしにかかった。脱がすというか、前をはだけさせて生乳を触りたかった。紺のベストと白いブラウスのボタンをはずし、ベージュのブラジャーをめくれば、豊満な巨乳が存在感たっぷりに登場する。若さのわりには柔らかい隆起を揉みほぐし、物欲しげに尖《とが》りはじめた乳首をつまんでやると、「声が出てしまいます！」とばかりに里穂子は首をひねって振り返る。半開きの唇を差しだして、キスで口を塞いでほしいと訴えてくる。

圭一郎は応えてやるが、同時に左右の乳首をいじりまわし、男根の抜き差しも続けているので、里穂子は切羽つまっていく。必死になって舌と舌をからめあわせてくるものの、いまにも泣きだしそうな眼尻をさげた顔になる。

声を出したくてたまらない様子が、圭一郎をどこまでも興奮させた。もっと追いこんでやるぞ、と奮いたった。どうせ警備員は終電を過ぎなければやってこない。見つかる可能性は万分の一くらいのもので、それでも見つかってしまうなら、この恋はそういう運命だったということだろうと居直っていた。

酔っていた、と言ってもいい。肉欲に酔いしれ、若い女との恋愛に酩酊して、まともな判断力を失っていた。不倫の恋でも、恋は恋だった。独身時代にしたものより濃厚なそれを、四十歳を過ぎて経験していた。警備員に見つかってしまうなら、この恋はそういう運命——二十も年下の恋人に熱くなるあまり、破滅願望のようなものまで、心のどこかで芽生えていたのかもしれない。

「ダッ、ダメです、課長っ……声が出ちゃうっ……」

涙眼で訴えてくる里穂子が可愛くてたまらず、彼女の中に埋めこんだ男根が、限界を超えて硬くなっていく。意地悪をするのは本意でなくとも、さらにぐいぐいと抜き差しせずにはいられない。これは意地悪ではなく愛なのだ——そんな思いで、腰使いに熱をこめていく。

キスをやめ、乳首をいじっていた両手で腰をつかんでフルピッチのストロークを送りこむと、里穂子はいよいよ体中を小刻みに震わせはじめた。それでも声をこらえているのは立派なものだった。そういうところが、愛さずにいられないところだった。彼女にしても、警備員が滅多なことではやってこないことなどわかっているはずなのに……。

圭一郎が息をとめて連打を送りこむと、里穂子は最初の絶頂に駆けあがっていった。

声をこらえているぶん、体の反応が大きかった。豊満なヒップがいつも以上の勢いで波打つように震え、肉感的な太腿もぶるぶると痙攣《けいれん》していた。男根にまで伝わってくるオルガスムスの衝撃が、圭一郎をますます熱狂に駆りたてた。一度イカせたくらいで満足するつもりはなかった。里穂子が声をこらえきれなくなるまで、射精をせずに突きまくってやるつもりだった。

5

忘れられない思い出と言っていい。

なんなら、いまわの際に思いだす光景のリストに入れてもいいくらい、圭一郎にとって素晴らしい経験のひとつだった。

しかし、どれだけ輝かしい思い出も、その後のいざこざで悪夢に転じることがある。愛が転じて憎悪となるように……。

圭一郎は里穂子のことを、いままであえて思いださないようにしていた。冥土の土産なんてとんでもない話だった。思いだせば胸が締めつけられ、屈辱にのたうちまわることになるからだ。

里穂子とは結局、二年ほど付き合った。

終わりのときが訪れたのは、妻にバレてしまったからだ。プロを雇って手に入れた浮気の証拠写真とともに、離婚届けを突きつけられた。圭一郎はほとんど抵抗できず、慰謝料も財産分与も言い値で払わされた。貯金をほとんどすべてと、自宅マンション——ローンの残りはこちらが払う条件で、元妻が住むことになった。

身ぐるみ剝がされたような格好だったが、圭一郎は悲観していなかった。これで里穂子とフェアに付き合えると思ったからだ。プロポーズからの再婚、毎日同じベッドで眠りにつける新婚生活——未来に思いを馳せれば、小躍りしてしまいそうなくらいだった。

元妻には申し訳ないけれど、圭一郎には浮気に対する罪悪感も、不倫に対する後ろめたさもなかった。元妻と結婚したのはなにかの間違いで、里穂子こそ運命の女に違いないと思っていたからだ。

恋愛でもセックスでも、彼女以上に圭一郎を燃えさせてくれた相手はいなかった。里穂子とした恋愛やセックスが本物なら、いままで経験してきたものはすべて偽物《にせもの》だと断じてもいいくらいだった。

にもかかわらず……。

離婚のゴタゴタがようやく一段落ついたころ、里穂子は突然、圭一郎の前から姿を消した。会社を辞め、自宅アパートを引き払い、いくら捜しても行方は杳《よう》として知れなかった。

離婚で身ぐるみを剝がされたことより、そちらのほうがよほどショックで、圭一郎はしばらく立ち直れなかった。会社に行っても仕事が手につかず、辞表を出すしかなかった。それから半年くらいは、安アパートに引きこもってほとんど廃人同然の生活を送っていた。自分の人生はここで終わったという実感がたしかにあり、いつ自殺してもおかしくないような精神状態だった。

どうせ死ぬなら——最後に残った財産を処分してからにしようと思った。

元妻は運転免許をもっておらず、クルマに対する知識もなかったので、圭一郎の愛車である古いクーペを財産分与の対象にしなかった。「これは見逃してあげましょう、わたしだって鬼じゃないから」と恩着せがましく言っていたが、圭一郎は腹の中で笑っていた。ＡＥ86という中古車市場で高騰の一途を辿るばかりのヴィンテージカーだった。ネットオークションで二百万を超える値がつき、それを元手にＦＸで最後の勝負に出て、奇跡の逆転を起こしたのだった——。

圭一郎を絶望のどん底に突き落とした張本人が、いま目の前にいる。

なぜいまごろになって姿を現したのか？

しかもこんな形で……。

オーディションに参加するということは、金に困っているのだろうか？

圭一郎の知る里穂子は慎ましい性格で、無駄遣いなどとは無縁だったが、あれからもう五年も経つ。人の性格が不変というのは幻想である。五年も経てば別人に豹変していてもおかしくない。

訊ねたいことが山ほどあっても、胸がつまって言葉が出てこない。真っ青になって唇だけを震わせている圭一郎を見かねたように、三國が声をかけてきた。

「捜しだすのに苦労しましたよ。なにしろ時間がなかったものでね」

里穂子は下を向いたまま顔をあげようともしない。

「ただ、こっちもいちおう、腕利きの探偵ということになってますからな。看板に偽《いつわ》りなし、というところを見せつけなくちゃ、プライドが許さなかった」

やり手のタレント事務所社長や九州ソープ界の女帝が用意したとびきりの美女を前にしても、三國は自分の勝利を疑っていないようだった。

男が愛してやまないのは、容姿の美しい女でも、めくるめく性技をもつ女でもなく、かつて情を交わした昔の女——そういう確信があるからだろう。

思えば、三國の事務所を訪れたとき、圭一郎は過去の女についてあれこれしゃべらされた。聞き上手な彼と向きあい、いままで胸に溜めこんでいた思いを吐露するのは、気持ちがよかった。まるでセラピーの先生に相対しているような気分で、童貞喪失の苦い経験から元妻との出会いや別れ、離婚の引き金になった里穂子の存在まで、すべて正直に話していた。

圭一郎の心を揺さぶる存在があるとしたら里穂子しかいない、とそのとき三國は思い当たったのだろう。当然と言えば当然だった。圭一郎にも、里穂子については特別熱っぽく話をした自覚がある。裏切られたことも含めて……まさか捜しだして連れてくるとは夢にも思っていなかったが……。

「……なっ、なぜここにいる？」

震える声で、里穂子に訊ねた。

「いや、そんなことより、なぜ五年前、突然僕の前から姿を消したんだ。ぼっ、僕はキミと……結婚するつもりだったんだぞ。キミだってそれを望んでいると信じていた。離婚で身ぐるみ剝がされた中年男なんて、結婚の対象にはならなかったわけか？　これ以上付き合いきれないと……」

里穂子が顔をあげた。つらそうに眉根を寄せながら、こちらを見た。視線と視線がぶつかりあった。なにかを言うために、大きく息を吸いこんだ瞬間だった。

「ちょっとお待ちください」

三國が里穂子の前に立ちはだかった。

「直接言葉のやりとりをするのは、彼女を選んでからにしていただきたいですな。私としては、涙の再会劇を含めて素敵な夜を提供するつもりなんです。オーディションの途中でネタばらし、愁嘆場《しゅうたんば》、あるいは痴話喧嘩なんてしてほしくないんですよ。意地悪をしているつもりは毛頭ございませんよ。オーディションの結果をはっきりさせたいだけです。どうですか、宍戸さん？　あなたの人生最後のセックスの相手、彼女以外に考えられないでしょう？　うなずいていただければ、ただちにオーディションは終了、ふたりきりの夜を始めていただきます……」

圭一郎はにわかに言葉を返せなかった。

「ちなみにですが……」

三國が意味ありげに笑った。

「こちらにもコスプレの用意があります。紺のベストに白いブラウス……どこにでもあるごく一般的な事務服ですがね」

圭一郎の顔は熱くなった。不倫のオフィスラブともなれば、社内で事務姿の彼女を抱いたんだろう？　と三國は言わんばかりだった。

里穂子の顔が見たかったが、三國の体が邪魔になって見えない。先ほど一瞬眼が合った感じでは、五年前とそれほど印象が変わらなかった。髪型をショートにしていたので、若返って見えたくらいだ。しかし、たとえ見た目が変わらなくても、彼女はもう、圭一郎のよく知る里穂子ではないかもしれない。

圭一郎の愛した彼女であるなら……。

金に釣られて、のこのことこんなところに出てこない。

なによりも五年前、突然姿を消すような真似はしなかったはずだ。あのとき、彼女の中で大きな変化があったと考えるほうが自然である。

浮気であろうが不倫であろうが、圭一郎は彼女と愛しあっていたのだ。そういう実感がたしかにあったから、元妻から三行半《みくだりはん》を突きつけられても動じることなく、むしろ明るい未来を思い描くことができた。

これで里穂子と結婚できる……。

心から愛している女と一緒に暮らせる……。

もし里穂子に心変わりがあったなら、五年前のあのタイミングに違いなかった。

となると、いま目の前にいるのは、金に釣られて元カレに股を開こうとしている、救いがたき愚《おろ》かな女なのか？

第二章　浴衣と湯煙

1

圭一郎は洗面所で顔を洗っていた。冷たい水で何度洗っても、ヌルヌルした脂汗がとれてくれなかった。

まったくよけいなことをしてくれる……。

胸底で三國に悪態をついた。

あの男が里穂子を連れてくるようなことさえしなければ、いまごろ人生最後のセックスを始めていたはずだった。乃愛でも美琴でもいい、いずれ劣らぬ美女と夢のような一夜を送り、清々《すがすが》しい気分で手術に臨めたに違いないのに、完全に調子が狂ってしまった。

「誰にするか決めるまで、少々時間をいただきたい」

そう言ってオーディションの場から抜けだしてきた圭一郎は、ほとんど放心状態だった。古傷をえぐられたせいで、頭の中が真っ白になった。そして真っ白になった頭の中に浮かんでくるのは、里穂子と過ごした甘美な思い出ばかり……。

いまでも時折、夢に見てしまう情事がある。

結果的に、それが里穂子とした最後のセックスとなったのだが、ふたりで初めて旅行をしたのだ。

不倫の関係、しかもオフィスラブである以上、誰かに嗅ぎつけられることだけは絶対に避けなければならなかった。連れだって街を歩くことはもちろん、一緒に食事をすることさえほとんどなく、たいていは目立たないところにあるラブホテルにこもっていた。ケータリングのピザや中華で腹を満たし、備えつけの冷蔵庫から出したビールを飲み、そしてもちろんセックスをした。

圭一郎としては充分に楽しかったのだが、若い里穂子に対して申し訳ないという気持ちも当然あった。まともなデートをしてやれない罪滅ぼしに、旅行に誘った。

ひとりで地方に出張する予定が入ったからだ。それなら妻の眼は欺《あざむ》ける。場所は新潟。商談を二時間で済ませ、宴席の誘いは丁寧に断って、里穂子と現地で合流した。

在来線のホームで顔を合わせるなり、圭一郎は吹きだしてしまった。

「いったいどこに行くつもりで来たんだよ？」

チェックのシャツにジーンズにスニーカー、ベースボールキャップにリュックという格好は、どう見ても山登り用の軽装であり、これから秘めやかな不倫旅行という淫靡なムードとは無縁だった。当然、色気など皆無である。

「課長、山に行くって言いませんでした？」

「山にある温泉宿に行くと言ったんだ。山に登るとは言ってない」

「ええっ？　わたしてっきり、山登りするのかと……」

気まずげに笑う里穂子には、そういう天然っぽいところがあった。どこの世界に、最初の不倫旅行で登山に出かけるカップルがいるだろうか？　ワンダーフォーゲル部の出身者でも、普通はふたりきりでイチャイチャしたり、なににも邪魔されずセックスに没頭したいと考えるに違いない。

一時間ほど列車に揺られて、山間の温泉宿に向かった。

夏の盛りだった。日陰でじっとしていても汗がにじむ陽気だったが、宿は標高の高いところにあったので、さわやかな風が吹いていた。

「山登りじゃないなら、もっと女の子っぽい格好で来ればよかった……」

里穂子はいつまでも気にしていたが、彼女のワードローブには期待できなかった。女の子っぽい格好といっても、せいぜいあまり似合わないミニスカートを穿いてくるくらいのものだろう。自分を美しく飾ることに無頓着なのだ。しかも、無頓着である自覚もない。

　圭一郎は彼女のそういうところが嫌いではなかった。二十も歳が離れているせいか、むしろ可愛いと思ってしまう。馬鹿にしているのではなく、天然っぽく見えるほどの純粋さに惹かれた。純粋さとは若さの象徴であり、若さがまぶしくてしかたなかった。

　しかし、せっかくの旅行である。それも、ふたりにとって初めての……特別な思い出づくりがしたくて、宿に着くと用意してきたプレゼントを渡した。

　浴衣《ゆかた》である。きちんとした帯から小物まで一式——宿が貸与してくれる浴衣もそれはそれで味があるけれど、若い里穂子にはいささか渋すぎる。たまには華やかに着飾ってもらおうと、赤をベースに色とりどりの椿の模様が重なっているものを選んだ。

「これを……わたしに……」

　普段は表情の変化に乏しい里穂子も、さすがに頬を上気させて喜んでくれた。

「宿の女将に、着付けしてもらえるよう頼んである。髪もアップに整えてもらって、化粧もしてもらえばいい」

　小一時間後、装いを新たにした里穂子が部屋に戻ってきた。

　見違えるようだった。赤い浴衣は予想以上に似合っていたし、アップにまとめた髪も色っぽい。それに、元々顔の造形が悪くないから、化粧映えした。普段はほとんど化粧をしないだけに、女らしさが匂いたつようだった。

「お人形さんになった気分です」

はにかんだ表情も可愛らしく、抱きしめてやりたかった。いっそその場で押し倒してしまいたいくらいだったが、そうするとせっかく着付けてもらった帯が崩れてしまう。

「素敵だよ」

耳元でささやいた。

「でもひとつ、残念なことがある」

「えっ……」

「パンティの線が見えてるぜ」

「やっ、やだ……」

里穂子は顔を赤くして振り返った。そんなことをしても、尻に浮いているパンティラインまでは見えないだろうに。

「まさか浴衣をプレゼントしてもらえるなんて思ってなかったから……響かない下着を用意してなかったんです」

「いやいや、和装のときはノーパンが基本だよ。脱いだほうがいい」

「わっ、わかりました……後ろ向いててください……」

里穂子はひどく焦って、言われた通りにパンティを脱いだ。

　圭一郎はラインの消えたヒップをひとしきり眺め、鼻の下を伸ばしてから、里穂子とともに部屋を出た。宿には広い庭があり、すぐ目の前にある渓流には情緒満点な赤い橋が架かっていたりして、散歩場所には事欠かなかった。

「なんだか夢の中にいるみたいです……」

「たしかにな。東京からたった三時間なのに、ずいぶん遠くまで来たみたいだ」

　圭一郎はあたりの景色を眺めながらうなずいた。どこを見ても緑の濃い山ばかりだった。夢の中というよりシェルターの中だ。気忙しい都会暮らしからの……。

「空気も綺麗だし」

「温泉入って、上げ膳据え膳だし」

　眼を見合わせて笑う。

「本当は東京でもデートしたいんだが……」

「気にしてませんよ」

　里穂子があわてて言った。

「わたし、そんなに高望みする女じゃありませんから」

「しかしなあ、いつもいつもラブホの密室ばかりじゃ……」

「よかった」

「えっ？」

「課長、罪悪感もっていてくれたんですね」

「そりゃあそうさ」

「でも、その罪悪感のおかげで、こんな素敵なところに連れてきてもらって、浴衣までプレゼントされて……やっぱりよかった」

もう一度、眼を見合わせて笑う。

「キミはいつもやさしいね」

「そんなことないです。わたしみたいな地味な女、かまってくれるの課長くらいですから……」

「相変わらず自己評価が低いんだなあ。その格好で浅草でも行ってごらんよ。日本人はもちろん、世界中から集まった男が、眼の色変えてナンパしてくるぜ」

「そんなことないですよぉ……」

「ある、ある。僕の夢のひとつなんだ。キミを思いきり着飾らせて、人がいっぱいいるところを連れて歩くのが」

「どうして?」

「自慢したいからに決まってるじゃないか。僕の恋人はこんなに綺麗なんだぞって」

ついでに言えば、若い女を連れていることもだ。四十代半ばの中年男に二十代半ばの恋人がいるなんて、自慢以外のなにものでもない。

「まあ、こんなひなびた温泉宿じゃ、せっかく綺麗な浴衣を着てても、爺さん婆さんとしかすれ違わないだろうけどさ。あっ、猿が来るかもしれないか……」

里穂子は楽しげに笑っている。装いのせいで、その笑顔はいつもより何倍も明るく見え、まぶしいくらいだった。

日が暮れて食事処《どころ》に移動すると、平日なのでそもそも宿泊客が少ないうえ、本当にお年寄りしかいなかったので苦笑してしまった。

たいていの温泉宿がそうであるように、けっこうな数の料理がテーブルに並べられたが、食べすぎないように注意し、酒も控えめにした。

メインイベントはこれからだからだ。

部屋に戻ると、すでに寝具が用意されていた。やけに分厚い布団が、ふたつ並べて……。

それを見て、里穂子が眼を泳がせた。食事の席では色っぽい話はしなかったので、急に現実に引き戻されたような気がしたのかもしれない。

ふたりにとってはセックスは日常だった。会社帰りのラブホテルで、社用車の中で、あるいは深夜のオフィスで、三日にあげず腰を振りあっていた。人目を忍ばなければならない関係だったので、ふたりだけの秘め事だけが愛の発露であり、愛情表現だったと言ってもいい。

「お風呂、入りますよね？」

里穂子が気まずげに言った。

「せっかく温泉に来たんだから、寝る前に……」

「ああ、もちろん」

圭一郎はうなずいた。

「でも、その前にひとつ、お遊びがしたいんだが、いいかな？」

「お遊び、ですか……」

里穂子は不安げに眉をひそめた。圭一郎がそういうことを言いだすとき、たいていは淫らなお遊びであるからだった。

2

圭一郎は浴衣の袖の袂《たもと》から徳利を出した。食事処から黙って拝借してきたものだった。

「お酒、飲むんですか？」

「ああ。部屋でしみじみ飲もうと思ったんだが……猪口《ちょこ》がない」

「借りてきます？」

「いや、猪口はなくても猪口の代わりはある」

意味がわからない、という顔で里穂子は首をかしげた。

「猪口になってくれよ」

「わたしがですか？」

里穂子はますます困惑するばかりだったが、

「ワカメ酒って知ってるかい？」

耳元でささやいてやると、途端に顔を赤くした。意外にも、知っていたらしい。ならば話が早いと、圭一郎は色めき立った。

「さあさあ、浴衣の裾をまくって正座して……」

「ほっ、本当に？」

「もちろん」

「恥ずかしいですよぉ……」

里穂子は下を向いてもじもじと身をよじったが、結局は言うことをきいてくれる。いつだってそうだった。圭一郎がどんなにいやらしいお遊びを提案しても、彼女が最後まで拒みきったことはない。

そのときも、羞じらいに頬を赤く染めながら、浴衣の裾をまくっていった。それだけで、どんなストリップショーよりも圭一郎は興奮させられた。

雪国生まれだから、素肌が白く輝くばかりだった。脱いだらすごいのが、里穂子という女だった。素肌の白さだけではない。顔はいささか地味でも、体はグラビアアイドル級。ふくらはぎから膝、肉感的な太腿と露《あら》わになっていくほどに、圭一郎は胸の高鳴りを抑えきれなくなっていく。

いよいよ股間を露わにする段になって、里穂子は上目遣《うわめづか》いでチラと見てきた。彼女はノーパンだった。

「そんなに恥ずかしがることないじゃないか。キミの裸なら、もう何十回も見ている。いや、付き合ってもう二年だから、何百回か……」

「そういうこと言わないでください……」

何百回裸を見られても、里穂子は羞じらいを忘れない女だった。そういう女だからこそ、何百回も抱きたくなるのだが……。

「ちょっと暗くしてもらってもいいですか？」

「ダメ、ダメ」

圭一郎は断固として首を横に振った。蛍光灯の明かりが煌々《こうこう》とついていたが、たまには明るいところで恥ずかしがらせるのも悪くない。

「酒を飲むのに暗くすることはないだろ。さあ、早く猪口になってくれ」

「課長の意地悪……」

里穂子は唇を嚙みしめながら、最後まで裾をまくった。黒い繊毛が見えた。逆三角形にびっしりと生い茂っていた。かねてからそこの毛が濃い女だと思っていたが、明るいところであらためて見ると。気圧《けお》されそうなほど獣《けもの》じみていた。

赤く可憐な浴衣の下から現れたので、よけいにそう見えるのだろう。アップにまとめた髪や化粧もそうだ。普段の彼女とは違う女らしさが、股間を飾る草むらをいっそう卑猥なものにしている。

圭一郎は里穂子を正座させた。両脚をぴったりと閉じたところに酒を注ぐわけだが、彼女の太腿はむっちりと逞《たくま》しいのでやりやすそうだった。太腿の細い女では、下にこぼれてしまう。

ワカメ酒にぴったりな体というのが、女にとって褒め言葉になるのかどうかわからなかったが、里穂子はたしかにそうだった。徳利からぬるくなった酒を注げば、濃く茂った繊毛がゆらゆらと揺れた。

「あっ……あああっ……」

里穂子は焦った顔でもじもじと身をよじった。いくら肉感的な太腿の持ち主でも、こぼれてしまう不安があるのだろう。必死になって太腿を閉じようとする健気《けなげ》な姿に、圭一郎は興奮を隠しきれなかった。

「ふふっ、しっかり太腿をくっつけてないとこぼれてしまうぞ」

ワカメ酒とはこういうものだと知識としては知っていたが、実際にやってみたことはない。正確に言えば、やってみようと思ったこともない。

里穂子だからできるのだ。若くて清潔な体、若牝の匂い、そして、どんなふざけたお遊びにも付き合ってくれる従順さ……二十歳年下の愛人だからこそ、こんなことをしてみたくなる。

「よし。それじゃあ、いただこうか……」

彼女の下半身を巨大な盃に見立てて、ワカメ酒を飲んだ。盃といっても持ちあげることはできないので、こちらから顔を近づけて迎えにいく。黒い繊毛がゆらゆら揺れている酒の味自体は、食事処で飲んだものと変わらなかった。もっと女の匂いが溶けこんでいるものかと思ったが、そうでもなかった。

しかし、盃の触り心地はたまらなくいい。太腿から尻にかけての丸みを両手で味わいながら飲むと、このふしだらなお遊びに酔いしれずにはいられない。

しかも、である。上を向くと、羞じらいに頬を赤く染めた里穂子の顔が拝める。間違いなく、ワカメ酒などをされたのは初めてだろう。いまにも泣きだしそうな顔で、わなわなと唇を震わせている。性器の味と匂いを酒と一緒に楽しむようなことをされれば、誰だって泣きたくなるほど恥ずかしいに違いない。

お詫びをしなくてはならなかった。

三角地帯に注いだ酒を飲みつくすと、太腿を左右に割りひろげていった。バランスを崩した里穂子が「きゃっ」と声をあげて、両手を後ろにつく。艶やかな浴衣姿のまま、下半身丸出しで両脚をひろげられていく羞恥に、ますます顔を赤くする。

「倒れたら帯が潰れてしまうぞ」

圭一郎はささやきながら、腹這いになった。女をあお向けにできない以上、こちらがなるべく低い体勢にならなくては、クンニリングスができない。

酒でしっとりと濡れた黒い繊毛の下に、里穂子の花が咲いていた。持ち主の真面目な性格を象徴するように、彼女の花はいつだって行儀よく口を閉じている。左右対称の花びらが、凛々《りり》しいほどの縦一本筋を描いて、男の舌奉仕を誘ってくる。

アーモンドピンクの花びらが濡れているのは、ワカメ酒が染みてしまったのか、あるいはそれとは別の理由か……。

確かめるべく、圭一郎は口を近づけていった。

まずは花びらの合わせ目――縦一本筋にそっと舌先を這わせていく。里穂子はビクンとして脚を閉じようとしたが、もちろん許さなかった。逆にもっとひろげるよう両手に力をこめつつ、舌を動かす。花びらの合わせ目が徐々に開いてきて、薄桃色の粘膜が恥ずかしげにチラリと顔をのぞかせる。

里穂子がうめきながら腰を浮かせると、圭一郎はすかさず彼女の尻の下に両手を入れた。その状態で彼女の股間に顔を埋めているのも、女体を盃に見立てているようだった。

ただし、いま味わっているのは酒ではなく、発情の甘い蜜だ。じゅると音をたてて啜《すす》りあげれば、若牝の味と匂いがダイレクトに伝わってくる。酸味の強い里穂子の蜜は青い果実の匂いに似て、啜れば啜るほど酔いしれずにはいられない。気がつけば夢中になって舌を動かし、左右の花びらを代わるがわるしゃぶりまわしていた。

里穂子の呼吸が乱れ、喜悦の悲鳴もあがりだす。羞じらって口を手で押さえようとしても、中腰になった体を両手で支えなければならないから、長くは続かない。浴衣から下半身だけをさらけ出した恥ずかしい格好で、あえぎ声を撒《ま》き散らすしかなくなっていく。

「あんまり声を出すと、廊下や隣の部屋に聞こえちゃうぜ」

圭一郎がささやくと、里穂子は泣きそうな顔になった。

実際には、それほど大きな声ではなかった。しかもここは温泉宿。従業員にとってカップル客がセックスすることなど日常だろうし、宿泊客の爺様や婆様だって笑って許してくれるに違いない。

しかし、若い里穂子はそこまで居直ることができない。彼女は自分のあえぎ声が大きいことを知っている。恥ずかしいことだと思っている。バランスを崩しそうになりながら、必死になって口に手を持っていく。その羞じらい深さが、圭一郎にはたまらない。

やがて、アーモンドピンクの花びらが蝶々のように開ききった。内側でピンク色の層が幾重にも渦《うず》巻き、ひくひくと熱く息づいていた。もちろん、たっぷりと蜜を漏《も》らしながらだ。あふれた蜜がアヌスのすぼまりまで流れこみ、ともすれば畳にまでしたたっていきそうだった。

女の体でいちばん敏感なクリトリスも、花びらの陰から姿を現していた。まだ包皮を被ったままだったが、剥《む》いてやると米粒のような肉芽が顔を出した。サイズは小さくても、感度は抜群。新鮮な空気に触れただけで、ピンク色の層にも負けないくらいプルプルと震えている。

圭一郎は包皮を剥いては被せ、被せては剥いた。そうしつつ里穂子の顔を見てやると、生々しく紅潮した双頬がひきつっていた。期待と不安、そして羞じらい——様々な感情が、彼女の胸を揺さぶっている。初めてクンニをされるわけでもないのに、目の前で両脚をひろげている二十五歳は、どこまでも初々《ういうい》しい。

「ここを舐《な》めたら、すぐにイッちゃうな」

匂いたつ蜜にまみれた唇で、圭一郎は薄く笑った。

「里穂子はとってもイキやすい女だもんなあ」

「……言わないでください」

里穂子は顔をそむけたが、眉根をきつく寄せたままだった。圭一郎の指が、しつこく包皮を剝いたり被せたりしているからだ。

「どうする？　舌で一回イッておくかい？」

答えない。

「イキたかったらイカせてやるけど、そうしたら牝くさい体で温泉に入ることになる。いいのかな、それで？」

里穂子は唇を嚙みしめながら、恨みがましい眼を向けてきた。べつに一度イッたくらいで、体が牝くさくなるわけがない。そんなものは気のせいに決まっているが、羞じらい深い彼女には耐えられないらしい。たとえ体はイクことを求めていても、自分からイカせてほしいとねだることなどできない性格なのだ。

3

里穂子の浴衣を直してやり、一緒に部屋を出た。

もちろん、温泉に入るためだ。部屋のある三階から、踏めばギシギシと音をたてる階段をおりて、浴場のある一階に向かった。

「課長ってホント意地悪ですよね……うん、意地悪ですよ……」

階段をおりながら、里穂子は下を向いてぶつぶつ言っていた。眼が合うと、キッと睨まれた。その表情に、圭一郎は背筋が震えるほどの興奮を覚えた。

普段は表情の変化に乏しい彼女も、発情しているときはそうではない。普段の顔とよがり顔のギャップがそそるという意味だが、怒った顔も悪くなかった。彼女はいま、怒りながらも、股間を熱く疼《うず》かせている。一分前まで舐めまわされていた女の花から蜜がしたたり、内腿まで濡らしているに違いない。

「意地悪な僕も嫌いじゃないだろ？」

圭一郎はニヤニヤ笑いながら里穂子の肩を抱いた。

「里穂子はイクのも大好きだけど、焦《じ》らされるのはもっと好きだものなあ。焦らされて焦らされて、もう我慢できない！　ってなったときの乱れ方たるや……」

階段を一階までおりると、浴場の暖簾《のれん》が眼に入った。

「どうなんだよ、図星だろう？」

「もう知りません！」

里穂子は圭一郎を突き飛ばして駆けだそうとしたが、

「おいおい、どこへ行くんだ？」

圭一郎はあわてて里穂子の手をつかんだ。

「どこって……」

里穂子の目線の先には「女湯」と大きく書かれた暖簾が掛けられていた。ふたりが立っているのは「男湯」の暖簾の前だった。

「女湯は向こうですよね？」

「僕たちが入るのはこっちさ」

圭一郎は涼しい顔で、男湯でも女湯でもないところを指差した。「家族風呂」である。引き戸の前には、「空いてます」と書かれた木札がさがっている。ひっくり返すと、「使用中です」になる。

「せっかくなんだから、一緒に入ろうじゃないか。大浴場に入るのは、明日の朝でいいだろう」

そういう展開を予想していなかったらしく、里穂子は半ば呆然とした顔をしていた。可愛くてしかたがなかった。すくめている肩を抱いて家族風呂の中に入り、しっかりと鍵を閉めた。

大浴場には広々とした浴槽があるだろうが、家族風呂は夫婦に子供がふたりもいれば満員になるサイズだった。露店風呂もついていない。とはいえ、家のバスルームよりはずいぶんと広いし、総檜《ひのき》造りで風情があり、窓から渓流のせせらぎも聞こえてくる。カップル水いらずで楽しまない手はなかった。

脱衣所でふたりきりになると、里穂子は緊張を隠さなかった。まるで身を守るように、両手で自分の体を抱いて前屈みになっている。

彼女とふたりで風呂に入ったことがないわけではない。ただ、一緒に入るとなにかが起こる。圭一郎が「お遊び」に興じたがるので、緊張しているのである。

「もっとリラックスしたらどうだ」

圭一郎は苦笑まじりに、里穂子の帯をほどきはじめた。

「これからのんびり温泉に浸かろうっていうのに、そんなこわばった顔している人、いないぞ」

「……ごめんなさい」

謝りつつも、彼女の顔はこわばっていくばかりだった。卑猥に輝く圭一郎の眼つきに、察するものがあったのだろう。

申し訳ないけれど、里穂子が緊張すればするほど圭一郎の興奮は高まっていった。帯をとき、浴衣を脱がせて、白い裸身を露わにした。

圭一郎も急いで全裸になって、一緒に浴室に入った。檜の匂いに心地よく鼻先をくすぐられながら、里穂子をしゃがませ、湯をかけてやる。圭一郎はいつだって里穂子ファーストだった。妻が相手なら間違ってもしないが、手のひらにボディソープをとり、ソープボーイよろしく、肉感的なボディを洗いはじめる。

「いいですよ、課長……自分で洗いますから……」

里穂子は身をよじって羞じらったが、これほど興奮する作業を、彼女にまかせるわけにはいかなかった。ボディソープでヌルヌルになった手のひらで豊満な乳房を揉む心地よさたるや、うっとりせずにはいられない。しかも、首から上は化粧をし、髪をアップにまとめたままだから、いつもより見栄えがいい。

「ああっ、ダメッ……」

ヌルヌルの指で乳首をくすぐってやると、里穂子はしゃがんでいられなくなり、檜の床に膝をついた。圭一郎はそのまま、彼女の体を四つん這いにうながした。突きだされた尻の桃割れに、泡まみれの手指が襲いかかっていく。

里穂子は悲鳴をあげようとしたが、「くぅうっ！」とうめいてこらえた。その浴場が完全な密室ではなかったからだ。壁が天井の途中までしかない。つまり、他の浴場に声が筒抜けになる構造なのである。

「こっ、声がっ……声が出てしまいますっ……」

里穂子が振り返って哀願する。もちろん、そんなことで女の花を洗うのをやめられるわけがなかった。むしろ念入りに指を動かした。里穂子は大いなる勘違いをしている。四つん這いで股間を責められながら泣きそうな顔で振り返ったりしたら、男は興奮するばかりなのだ。

「体を洗ってるだけで、どうして声なんか出ちゃうんだ？」

圭一郎はとぼけた顔で言いながら、くにゃくにゃした花びらをヌルヌルの指でいじりまわす。たまらない触り心地に、湯に浸かる前から全身が熱くなっていく。勃起しきった男根に力がみなぎる。

「おっ、お願いしますっ……お願いですから、もう許して、課長っ……」

里穂子が本当に泣きだしそうになったので、

「よし、わかった」

圭一郎はうなずいた。

「じゃあ最後に、片脚をあげてくれよ」

「ええっ……」

「そのほうがしっかり洗える。ほら、早く」

「ううう……」

里穂子は羞じらいにうめきながらも、おずおずと片脚をあげていった。牡犬《おす》がおしっこをするときの格好だ。身震いするほどいやらしかった。赤い浴衣を着ていたときはお人形さんのようだった彼女も、こうしてみれば獣の牝。あまりのエロティックさに、むしゃぶりつきたい衝動がこみあげてくる。

だが、圭一郎は懸命に自制心を働かせた。女を焦らすためには、男だって忍耐力を発揮しなければならない。

片脚をあげた里穂子の姿に激しく興奮しつつも、圭一郎はいつも以上にねちっこく彼女の股間をいじりたてた。指が敏感な部分に触れるたびに、里穂子はビクッとする。宙にあげた片脚を小刻みに震わせて、淫らな刺激に耐え忍ぶ。生唾もののその姿をたっぷりと楽しんでから、体についたシャボンをきれいに湯で流してやった。

泡は洗い流しても、愛撫の手を休めたわけではない。

温泉に浸かれば浸かったで、物欲しげに尖っている乳首をくすぐりまわし、湯の中で湯よりも熱く疼いている女の花をしつこいまでにいじり倒した。

里穂子は真っ赤に茹《ゆ》だった顔に玉のような汗を浮かべ、何度もイキそうになっていた。のけぞり、首に何本も筋を浮かべ、豊満な乳房をタプタプと揺らし、それでも必死に声だけはこらえながら……。

4

家族風呂を出ると、お年寄りの客数人とすれ違った。

爺様たちは、例外なく里穂子をジロジロと見てきた。彼女はもう、赤い浴衣を着ていなかった。宿が貸与してくれる渋い浴衣に身を包み、荷物を胸で抱えて前屈みに歩いていたのだが、それでも漂う色香は隠しきれなかった。

トロンとした眼つき、双頬の紅潮、はずむ吐息——爺様でも嗅ぎとってしまえるくらい濃厚な、発情のフェロモンを撒き散らしている。イキたくてもイケなかったせいで、浴衣の下では淫らな蜜まで股間からしたたらせていることだろう。

「色っぽいよ」

からかうように耳元でささやいても、里穂子にはもはや睨んでくる気力もない。ただ発情しているだけではなく、温泉でのぼせてもいるから、ほとんど放心状態で、言葉さえ返してこない。

だが、部屋に戻ると、里穂子は行動に出た。言葉もないまま圭一郎の足元にしゃがみこみ、浴衣の前をめくってきた。

浴衣の下はノーパンと言った手前、圭一郎も下着は着けていなかった。勃起しきった男根が、里穂子の眼と鼻の先で反り返る。発情しているのは彼女だけではなかった。若い恋人を何度も絶頂寸前に追いつめたことで、狂おしいまでに興奮していた。はちきれんばかりに硬くなったイチモツを、なだめておとなしくさせることなんて、とてもできなかった。

里穂子が切っ先を頬張った。もう我慢できない！　という心情を、言葉ではなく行動で示してきた。

発情しきっているせいで、彼女の口の中は呆れるほど大量の唾液が分泌していた。湯に浸かりながらキスをしていたときも糸を引くほどだったが、イチモツを咥えこまれると、ヌルヌルした卑猥な感触にのけぞらずにはいられなかった。

その唾液ごと、鼻息も荒くしゃぶってきた。じゅるっ、じゅるるっ、という卑猥な音が、風情のある和室中に響いた。

里穂子のフェラチオは技巧的ではないけれど、一生懸命にしゃぶってくるそのやり方が、圭一郎は好きだった。気持ちが伝わってくる。いや、発情が伝わってくる。一刻も早く、いま口に含んでいるもので両脚の間を貫かれたいと……。

圭一郎の気持ちも、それに呼応する。里穂子が欲しくて、たまらなくなっていく。帯をといて全裸になった。里穂子も立ちあがらせ、同じように全裸にする。お互い生まれたままの格好になって抱擁し、唇を重ねる。ねちゃねちゃと音をたてて舌をからめあいながらも、里穂子は男根から手を離さなかった。そうなれば、圭一郎も彼女の股間に手を伸ばしていくしかない。右手の中指で割れ目をなぞると、いやらしいほどヌルリとすべった。

圭一郎は掛け布団を剝がし、糊《のり》のきいたシーツの上にあお向けになった。付き合って二年になるふたりには、阿吽《あうん》の呼吸があった。圭一郎があお向けになれば、里穂子が腰をまたいで騎乗位の体勢になる。

「脚を開いてくれよ」

それだけは、直接口にしないと里穂子はやってくれない。素知らぬ顔で、両膝を前に倒したままひとつになろうとする。圭一郎はそれを許さない。下から見上げる彼女の姿を、とびきりいやらしくしなくては気がすまない。

里穂子は羞恥に顔を歪めながら、片脚ずつ立てていく。圭一郎の腰の上で、M字開脚を披露してから、男根に手を伸ばして切っ先を花園に導いていく。

いい眺めだった。

里穂子が死ぬほど恥ずかしそうな顔をしているところは、何度見てもたまらなくそそる。二年が経っても慣れることなく、むしろ関係が深まるほど羞恥に敏感になっていくようだ。

里穂子が腰を落としてきた。彼女の陰毛はかなり濃いが、それでも割れ目はチラリと見えている。アーモンドピンクの花びらが亀頭にぴったりと吸いつき、巻きこまれながら咥えこまれていく。ワカメ酒から始まった前戯が長かったせいで、奥の奥まで濡れている。肉と肉とがひきつれる心配はない。

それでも里穂子は、一気に咥えこんでくることはなかった。結合はじっくり時間をかけて、と圭一郎が教えこんだからである。「焦って入れると飢えてるみたいだぞ」と言ってやると、恥ずかしがり屋の彼女は逆らえなかった。

じりっ、じりっ、と本当に数ミリずつ、結合を深めていった。亀頭を全部咥えこむと、股間を上下に動かしはじめた。女の割れ目を唇のように使い、カリのくびれを撫でまわしてきた。

圭一郎は自分の顔が燃えるように熱くなっていくのを感じた。里穂子は恥ずかしがり屋だが、セックスが下手なわけではない。とくに、お互いが感じるところを探すのがうまい。

粘りつくような肉ずれ音をたてながら、執拗に股間を上下させる。中腰のその体勢が、苦しくないわけがないだろう。しかし、性技のうまさとは別に、里穂子は自分を恐れている。すべてを咥えこめば、我を忘れて乱れきってしまうことを……。

もちろん、だからといっていつまでも中腰のままではいられない。ハアハアと息をはずませながら、こちらを見てくる。視線と視線がぶつかりあうと、気持ちが伝わってきた。こらえきれない欲望、そして、乱れてしまうことへの羞じらい……。

里穂子がくぐもった悲鳴をあげた。

ついに腰を最後まで落としきったのだ。女がM字開脚をした騎乗位は、数ある体位の中でも、もっとも深く結合できる体位だろう。里穂子が腰をグラインドさせると、亀頭が子宮にあたっているのがわかった。里穂子はさらに、股間を上下させはじめた。今度は小刻みではなく、豊満なヒップをパチーン、パチーンと鳴らして、男根の根元からカリのくびれまでを大胆にしゃぶってきた。

よがる声が、みるみる甲高《かんだか》くなっていく。亀頭が最奥に届くたびに身をよじり、汗ばんだ乳房を揺らす。身をよじりすぎてバランスがとれなくなってくる。圭一郎は両手を差しだしてやった。指と指を交差させてしっかりと手を繋《つな》いでやると、里穂子の腰使いにはひときわ熱がこもっていった。

そうなると、放つ悲鳴にも遠慮がなくなっていく。家族風呂では最後まで声をこらえきっていたが、ここは客室だった。多少の声なら見逃してもらえると思ったのかもしれないし、我を失いかけているのかもしれない。家族風呂では手指でしか愛撫していないところに、里穂子はいま、勃起しきった男根を咥えこんでいる。我ながら逞しいほど太くみなぎったものが、ぶっすりと刺さっている。

あられもない姿だった。

結合部も露わなM字開脚で股間を上下させ、豊満な双乳を揺れはずませているその姿は、はしたないとしか言いようがなかった。

それでも里穂子は、もはや羞じらうこともできない。紅潮した顔を歪めて肉の悦びに溺れていく。顔だけではなく、耳や首や胸元まで、淫らなほど赤くなっている。尖りきった乳首から、汗の粒が飛んでくる。それほど激しく、乳房をバウンドさせている。これほどいやらしくバウンドする巨乳は、ＡＶでも見たことがない。

揉みたかった。

繋いでいる両手をほどき、汗まみれの巨乳を揉みくちゃにしてやりたかったが、圭一郎はぐっとこらえて里穂子を見上げた。

もうすぐ最初の絶頂に駆けあがっていきそうだった。

閉じることのできなくなった口からだらしない声をもらしている里穂子は、彫刻刀で削ったような深い縦皺《たてじわ》を眉間に浮かべていた。薄眼を開けた瞳はいやらしいほど潤みきり、小鼻も淫らなほど赤くなっている。

普段は地味な顔が、発情によって艶やかに咲き誇っていた。この顔を見るために、圭一郎は里穂子を抱いていると言っても過言でなかった。ここからさらに変化する。白眼を剝きそうになったり、眼と眉を離したり、鼻の下を伸ばしたり、見てはいけない気がするほど赤裸々な百面相を披露して、恍惚《こうこつ》ににじり寄っていく。

たまらなかった。

里穂子は普段溜めこんでいるエネルギーを、セックスにおいて爆発させる。潑剌《はつらつ》とした若い躍動感が素晴らしい。変顔じみたよがり顔さえ愛らしく、もっとよがらせてやりたくなる。

「ダッ、ダメッ……もうダメですっ……」

紅潮しきった顔がくしゃくしゃに歪んだ。視線が合うと、圭一郎はうなずいた。イッてもいいと、背中を押してやった。そんなことをしなくても、勝手にイクことができるはずなのに、眼顔で許しを乞う慎ましさが可愛くてしようがない。思いきりイケばいい……このあられもない格好のまま……。

「かっ、課長っ……」

ガクガクと腰を震わせた。それでも股間の上下運動はやめない。むしろますます熱をこめて、フィニッシュに向かって走りだす。

「あっ、愛してますっ！　愛してます、課長っ！　愛してるっ……あああーっ！くぅうううーっ！」

ビクンッ、ビクンッ、と腰を跳ねあげて、里穂子はオルガスムスに達した。ぶるぶると震える五体の痙攣が、男根を通じて圭一郎にも伝わってくる。蜜壺の締まりがにわかに増して、男の精を吸いとろうとする。

圭一郎は歯を食いしばって射精をこらえながら、熱い視線で里穂子を見上げた。発情で開花する彼女の美しさは、絶頂の瞬間ピークに達する。いやらしさと美しさ、初々《ういうい》しい若さと濃厚な色香が渾然一体となり、エロスの化身となって咲き乱れる。

里穂子は絶頂の瞬間、「イク」と口にしない女だった。女としての恥という恥をさらしてなお、そこだけは譲れない一線らしい。

かわりに「愛しています」と叫ぶ。

イクときはイクと言ってくれよと圭一郎は何度も頼んだのだが、それは恥ずかしいので「愛してます」でいいですか、と里穂子は持ち前の天然っぽさを発揮して言った。さすがに最初は戸惑ったものの、絶頂寸前で「愛してます」と本気で絶叫する里穂子の姿に、やがて胸を打たれるようになった。

愛《いと》おしくてたまらなかった。

もっと「愛してます」と叫ばせたくて、圭一郎はいつも限界まで射精をこらえる。四十半ばになれば、早漏の心配はないが、連続で挑みかかっていくのが難しい。里穂子は何度でもイケる女なので、早めに放出すると後悔することになる。

「あああっ……」

イキきった里穂子は体を起こしていられなくなり、圭一郎に覆い被さってきた。熱く火照《ほて》りきった豊満なボディを抱きしめた。まだ余韻に痙攣していて、体中の肉という肉が悦んでいる様子が、圭一郎にも伝わってきた。

「愛してます……愛してます……」

里穂子は圭一郎の耳元で、うわごとのようにつぶやいていた。意識も朦朧《もうろう》としているようだった。桃源郷《とうげんきょう》にでもいるような気分だったに違いない。

5

「いったいいつまで待たせるつもりなんです？」

三國の声に、圭一郎はハッと我に返った。洗面所の鏡の前で、放心状態に陥ったままだった。気がつけば後ろに、呆れた顔の三國が立っていた。

「迷う必要はないと思いますがね。顔色を見ただけで、気持ちはわかりますよ。川奈里穂子で決まりでしょう？」

「すぐに行くから……」

圭一郎はもう一度冷たい水で顔を洗った。さすがＶＩＰ御用達のホテルである。顔を拭ったタオルはうっとりするほど柔らかかったけれど、それを楽しんでいる暇はなさそうだった。

リビングに戻った。三國にうながされ、先ほどまでオーディションの参加者が座っていた椅子に腰をおろした。

つまり、今度はこちらがひとりで、オーディションの参加者及び女衒たちと相対する格好になったわけだ。三國だけは立ったままだったが、乃愛、島津、美琴、浅丘が、首を長くして結果発表を待っていた。もちろん、里穂子もいた。ひとりだけ青ざめた顔をしていたので、首を長くして待っていたかどうかはわからない。

「えー、すいません、お待たせして恐縮です……」

圭一郎は全員に対して、一人ひとり眼を見て頭をさげた。里穂子以外は、誰もが自分たちの勝利を疑っていないようだった。里穂子は視線すら合わせてこなかった。再会してからまだ一度も、まともに眼を合わせていない。

圭一郎の心は揺れていた。

あれほど愛しあっていたのに……。

なぜあんなにもあっさりと捨てられてしまったのか、どうしても知りたかった。それを知らないまま手術を受け、医療ミスであの世に行ったりしたら、死んでも死にきれないと思った。

最初の旅行にして、最後の情事になった温泉宿で、里穂子はつごう十回以上、絶頂に達した。「愛してます」と身をよじりながら叫びつづけた。

最後の情事になってしまったのは、その旅行を元妻が雇った探偵に嗅ぎつけられていたからだ。帰宅すると修羅場が待っていたが、頭の中では里穂子の「愛してます」がリフレインしていた。離婚して、彼女とやり直すつもりだった。身ぐるみ剝がれても、この手に愛だけは残っているはずだったのに……。

三國が咳払いし、早く発表しろと急かしてくる。

圭一郎はうなずき。

「それじゃあ、発表します」

息をつめて前に座った五人を眺めた。

「今夜の僕の相手は……乃愛さんにお願いしたいと思います」

乃愛が「きゃーっ！」と歓声をあげ、島津とハイタッチをする。美琴は信じられないという顔をし、隣に座った九州の女帝は闇社会の住人であることを隠しきれない恐ろしい眼つきで、圭一郎を睨んできた。

「ただ、ひとつ提案が……」

圭一郎が言うと、はしゃいでいた乃愛と島津が怪訝《けげん》な顔でこちらを見た。

「実は甲乙つけがたかったので、美琴さんにも残っていただきたいんです。つまり、僕は人生最後のセックスを３Ｐで締めくくりたいのですが、いかがでしょう？　もちろん、賞金一千万はそれぞれに支払わせていただきます」

その場が一瞬、静まりかえった。

集まってくる視線を、圭一郎は堂々と受けとめた。

もはや金の問題ではなかった。どうせ散財するなら、一千万も二千万も同じだと思った。

それよりも、これが男としての最後の夜になるなら、できるだけゴージャスな花道にしたい。乃愛も美琴もいずれ劣らぬ美女であり、幸いなことにキャラクターも正反対だ。このふたりを相手に3Pができるなら、もはやセックスに対して心残りなどあろうはずがない。

もちろん……。

その裏にドス黒い感情が渦巻いていることを、圭一郎は自覚していた。

里穂子に対するあてつけだ。

恥をかかせてやろうと思った。

彼女を選び、五年前のことを問いただしたい気持ちは当然あった。しかし、今夜の目的はあくまでも人生最後のセックスなのである。その相手としては相応しくないと、はっきり示しておきたかった。

記憶の中にある里穂子との情事は、いま思い返しても心揺さぶられ、胸が熱くなるものだけれど、それが再現できる保障などないのだ。むしろ後ろ向きな、侘《わび》しいセックスになってしまうのではないだろうか？

それに、里穂子という人間が変わってしまった可能性も少なくない。

三國がどうやって彼女を口説いたのか知らないが、要するに金に眼が眩《くら》んだのだろう。あるいは金に困るような生活をしているか……そうでなければ、こんな汚れ仕事に足を突っこむわけがない。

圭一郎の知る里穂子なら、間違っても三國のような胡散くさい男の口車には乗らなかったはずだ。乗った時点で、彼女は昔の彼女ではないと考えるのが妥当だろう。

ならば、赤っ恥をかかせてやればいい。

自分以外のふたりが残る結末に、里穂子はショックを受けるだろう。ここにやってきたということは、図々しくも勝算があったのだろうが、そうはいかない。乃愛も美琴も、里穂子よりずっと若くて美しい。敗北感に肩を落とし、すごすごと帰っていけばいいのである。

「えー、いまの宍戸さんの提案ですが……」

三國が言った。圭一郎を横眼で見て、苦りきった顔をしていたが、司会進行まで忘れたわけではなさそうだった。

「乃愛さんと美琴さん、３Ｐでひと晩……いかがでしょうか？」

「うちとこは問題ないけどな」

女帝がきっぱりと言い、美琴もうなずいた。

「こっちもＯＫです」

島津が言った。

「賞金が丸々もらえるうえ、浅丘さんの最高傑作と一緒に仕事ができるんですからね。乃愛にとっても、すごく勉強になるでしょう」

「あー、せいぜい勉強したったらええ」

女帝が余裕の笑みを浮かべる。

「フェラのひとつでも盗むことができれば、ＡＶ女優としてごっつ人気出る思うわ。まあ、盗めればの話やけどな」

「よろしくお願いします」

乃愛が立ちあがって女帝と美琴に頭をさげた。その顔には満面の笑みが浮かんでいた。親和的な笑顔というより、どこかで挑むような雰囲気で、美琴と視線が合うとバチバチと火花が散りそうだった。

乃愛は乃愛で、自信があるのだ。

おかげで、圭一郎の緊張も高まっていった。もちろん、いい意味での緊張だ。狙った女と、いよいよベッドインするときと同じ……。

とにかく最高の夜にしたかった。

里穂子のことなど忘れてしまえばいい。

乃愛と美琴のふたりが相手なら、かならずや忘れてしまえるだろう。頭の中を真っ白にして、肉欲だけに溺れる一夜になることは間違いない。

第三章　別次元の快楽

1

窓の外はすっかり夜の帳《とばり》がおりていた。

圭一郎は眼下にひろがる煌《きら》びやかな夜景を見下ろしながら、ビールをチビチビ飲んでいた。トワイライトタイムの景色も美しかったけれど、四十一階の高さから眺めるなら、やはり夜景がいい。夜の闇の中にびっしりと並んだ光の洪水が陶酔を誘い、現実を忘れさせてくれる。

リビングには他に誰もいなかった。

女衒たちは退出して、明日の朝まで戻ってこない。そして女たちは、ベッドルームで夢の時間の準備をしている。

「お待たせしましたぁ」

乃愛が声をかけてきた。

「どうぞお入りくださーい」

「ああ……」

圭一郎は大きく息を吐きだしてから立ちあがった。いよいよ人生最後のセックスの幕があがる。ベッドルームは十畳ほどの広さで、中央にキングサイズのベッドが鎮座し、あとはソファがあるくらいのシンプルな造りだった。灯りはダークオレンジの間接照明。扉を開けると、ふたりの女がお辞儀で迎えてくれた。

並んで立つと、意外なほど身長差があった。乃愛が百五十六、七センチで、美琴が百六十五、六センチといったところか。そのせいで、乃愛はますます可愛らしく、美琴はますます大人びて見えた。

美琴は若草色の振り袖のままだったが、乃愛はセーラー服に着替えていた。上下とも濃紺の冬服だ。さらに黒いストッキング。どちらも圭一郎のリクエストだった。その組み合わせなら、白い夏服よりドレッシーになる。美少女のようでもあり、コケティッシュでもある乃愛にぴったりだと思ったのだ。

予想以上に似合っていた。可愛らしさと清潔感とセクシーさが矛盾なく同居して、圭一郎は早くも勃起《がんぼく》しそうになってしまった。

「夜は長い。少し眼福を楽しんでもいいかい」

ソファに腰をおろし、立ったままの乃愛と美琴を交互に眺める。

美琴の振り袖姿は先ほどと同じだが、あらためて見てみても、やはりその美しさに唸ることしかできない。

いや、隣に立っている乃愛がセーラー服になったせいで、魅力がぐっと増した気がする。組み合わせの妙というやつだ。セーラー服と振り袖、ミスマッチのようでいて、そうでもなかった。どちらもそそる女が着ているせいだろう。

視線を動かすだけの時間がしばらく続いた。

オーディションのときは笑顔を振りまいたり、落ち着き払っていたのに、ふたりともひどく緊張しているようだった。

ひと晩一千万に見合うセックスができるかどうか、プレッシャーを感じているのかもしれない。それも、初対面の同性を含めた3P。女のプライドを賭けた戦いになる。彼女たちほどの美女ともなれば、相手を満足させることはもちろん、自分のほうが具合がよかったと言わさなければ気がすまないに違いない。

だが、それだけが緊張の原因ではなかった。

実はこの部屋には、もうひとり女がいた。

里穂子である。

紺のベストに白いブラウスという事務服姿で、部屋の隅にある椅子にちょこんと座っている。黙って見学しているように圭一郎が命じたのだが、彼女の存在が乃愛や美琴を緊張させているのは間違いなかった。なぜ見学しているのか、意味がわからないのだろう。

圭一郎もまた、里穂子の存在に心を揺さぶられていた。彼女はオーディションで落としたはずだった。彼女以外のふたりを合格させることで、恥をかかせてやったつもりでいたのだが……。

「ちょっと宍戸さん、勘弁してくださいよー」

オーディションが無事終了し、ひと息ついていると、三國が泣き笑いのような顔で近づいてきた。

「せっかく苦労して連れてきたのに、私のタマだけ除《の》け者ですか？　意地が悪いにもほどがある」

「べつに意地悪してるわけじゃないですよ」

三國があまりにも必死な顔をしていたので、圭一郎は苦笑した。

「意地悪じゃないですか。いきなり予算を倍に跳ねあげたりして……そんな話、私は聞いてませんよ」

「こっちだって、最初から二千万も使う気はなかった」

「予算を増やしていいなら、３Ｐじゃなくて４Ｐにすればいいじゃないですか。人生最後のセックスでしょ？　豪勢にいきましょうよ」

「いやいや……」

「だってね、宍戸さん。よーく考えてみてください。元カレのこんな企画に乗ってきたってことは、彼女は金に困ってるんですよ。昔のよしみで、助けてやってもいいと思いますけどね」

「金がないのは彼女の問題で、僕の問題じゃない」

「わかりました。ならば、半額にダンピングしましょう。一千万の半額、五百万で泣きますから、私のタマもここに残してください。ね、お願いですから……」

圭一郎は黙して少し考えた。

こちらの目的は里穂子に恥をかかせることだったが、結果的に三國にも恥をかかせてしまうことになるのかもしれない。付き合いが深まるほど胡散くさい素性に閉口させられたが、彼の尽力でこのオーディションが開催できたことは間違いない事実だった。三國のあやしい人脈がなければ、いくら金を積んだところで、乃愛や美琴ほどの器量の女を抱くことはできなかっただろう。

しかも、短い時間で里穂子まで捜しだし、連れてきた。もちろん、勝算があったから連れてきたのだろうが、タレント事務所の社長やソープランド界の女帝より手間暇はかかったはずで、努力を認めないわけにはいかない。面子《めんつ》を潰し、賞金もゼロでは、さすがに申し訳ないか……。

「……五百万でいいんですね？」

眉をひそめながら確認すると、

「ええ、ええ。男に二言はございません」

三國はひどくへりくだった態度でうなずいた。

「ここまで来たらたいした違いじゃないでしょう？　二千万も二千五百万も」

「わかりましたよ」

圭一郎は溜息まじりにうなずいた。

「三國さんの顔を立てる意味で、彼女にも残ってもらいましょう」

「ありがとうございます、ありがとうございます」

三國は米つきバッタのように頭をさげた。

「ちなみに、事務服は本当に用意してあるんですか？」

「ありますとも」

「それじゃあ、彼女にそれを着せておいてください」

「承知いたしました……ふふっ、この選択に間違いはございませんよ。私が請け合います。この宴《うたげ》、かならずや素晴らしく盛りあがることでしょう」

脂ぎった笑みを残して去っていく三國の背中を見送りながら、圭一郎の胸の中では嵐が巻き起こっていた。

里穂子を含めた4Pになってしまった……。

つまり、これから彼女のことも抱くことになる……。

いやいや、と首を横に振った。

三國の申し出を受けたのは、彼の努力に敬意を表したからであり、里穂子への思いとなると話は別だった。抱いてなんかやるものか、と思った。こちらにだって、捨てられた男の意地というものがある。

彼女に対する愛情はすでに、醜《みにく》い憎悪へと姿を変えていた。だから、オーディションで彼女だけを除け者にするようなことができたのだ。恥をかかせてやりたいなどと、歪んだ態度をとってしまったのだ。

それでも彼女が参加するなら、金を払うぶんだけ、きっちり嫌な思いをして帰ってもらおう。

理由も知らされず捨てられた意趣返しとして、乃愛と美琴とまぐわうところを見せつけてやるのだ。たとえ法外の金を受けとるにしろ、昔《ま》の男が他の女――それも里穂子よりずっと若くて美しい女たちと腰を振りあう姿を目の当たりにするのは、さぞやきついに違いない……。

2

「どうしたんですか、ぼんやりして？」

乃愛に声をかけられ、圭一郎はハッと我に返った。

「目の前にこんなにいい女がいるのに、ぼんやりしてるなんてひどい」

茶目っ気たっぷりに腰を振ると、ミニ丈の襞《ひだ》スカートが左右に揺れて、黒いストッキングに包まれた太腿がチラリと見えた。下着まで見えてしまいそうになり、乃愛はあわててスカートを押さえた。その仕草がアニメに出てくるお転婆娘のようで、圭一郎は笑った。ようやくリラックスすることができた。

乃愛に手を取られ、立ちあがった。すかさず首に手をまわされ、唇を重ねられたので、びっくりした。

乃愛は眼を閉じないでキスをする女だった。舌を差しだし、からめあいながらも、しっかりとこちらを見ていた。体を重ねた男には自分のことをいつまでも覚えていてほしい——そう言っていたが、彼女自身もまた、相手のことを記憶に焼きつけるタイプなのかもしれない。

圭一郎は自分からも舌をからめていったが、相手はひとりではなかった。若草色の振り袖を着た美琴が、静かに近づいてきた。一瞬、乃愛とキスのポジションを奪いあいはじめるのかも、と思ったが、そんなことはなかった。

美琴は服を脱がしてきた。圭一郎は乃愛と情熱的にキスを続けていたが、その間に、スーツもシャツも、靴や靴下やブリーフまですべて奪われた。キスの邪魔にならないようにしつつ、脱がした服をきちんとハンガーに掛けたり畳んだりする手腕は、さすが予約一年待ちのソープ嬢としか言いようがなかった。

もちろん、そんなことに感心している場合ではなかった。圭一郎は、ひとり全裸にされてしまったのだ。相手はセーラー服と振り袖だった。恥ずかしさに顔から火が出そうになるのと同時に、股間のイチモツが臍《へそ》を叩く勢いで反り返った。

ベッドに座らされた。乃愛と美琴が、それぞれ両サイドに陣取る。

「さっき美琴さんと話してたんですけど……」

乃愛が鈴を鳴らすような声でささやいてくる。長々とディープキスを続けていたせいだろう、彼女の瞳はねっとりと潤みはじめていた。

「オーディションの結果って、本当に同点なんですか？」

「乃愛ちゃんが先に呼ばれたんだから、乃愛ちゃんの勝ちよ」

美琴が余裕たっぷりに返す。

「わたしはさすがに、セーラー服なんてもう似合わないし」

「なんかやな感じ。美琴さん、絶対自分のほうが美人だと思ってる」

ふたりは本気で反目したり、険悪なムードになっているわけではなかった。圭一郎を焦らしているのだ。つまらない言い争いをしているふりをして、ふたりの視線はこちらの裸身に──剝きだしで反り返っている男根に向かっている。

視姦《しかん》である。彼女たちほど極上の美女となれば、裸を見られているだけで興奮してしまうことを、圭一郎は思い知らされた。舐めるように這う視線を感じて、男根がますます硬くなっていく。顔が熱くなり、呼吸がはずみだす。

「ねえ、宍戸さん。本当はどっちが上でした？　教えてほしいな……」

乃愛がささやきながら、太腿に手を置く。少しひんやりした手のひらの感触が、火照った体に染みた。太腿を撫でては、マニキュアをしていない清潔な指でくすぐってくる。すぐ側で男根がビクビク跳ねているのに、そちらには手を伸ばしてこようとしない。

美琴が立ちあがり、圭一郎の正面に立った。ジェスチャーで、帯留めをはずすようにうながしてきた。はずしてやると、今度は後ろ向きになった。帯本体もはずしてほしいらしい。

豪華にして複雑な立て矢結びをなんとかはずすと、美琴はその場で回転して帯をといていった。振り袖まで脱ぐと、圭一郎は一瞬、目の前が真っ赤に燃えあがったかと思った。

「やだあ、それって吉原の花魁《おいらん》が着ているやつでしょ」

乃愛が言った。美琴は緋襦袢《ひじゅばん》を着けていたのだ。吉原の花魁に限らず、遊女が好んだことで知られている。常識的には間違っても振り袖の下に着たりはしないが、それも演出であり、趣向なのだろう。

くるり、くるり、とまわりながら帯や振り袖を落としていった美琴の優雅な所作は、舞いでも踊っているようだった。清楚な若草色の振り袖から、遊女のような緋襦袢姿になった瞬間、顔つきまで変わった。いや、顔つきだけではなく、全身から息苦しいほどの色香を振りまきはじめた。

「すごい……エッチですね……」

同性の乃愛ですら、美琴の緋襦袢姿を目の当たりにして、顔を赤くしている。緋襦袢の生地がたまらなく柔らかそうなうえにやや透けて、乳房の形や乳首の位置を露わにしていたからだ。いにしえのセクシーランジェリーなわけだが、なにしろ着ている美琴が類《たぐ》い稀《まれ》な美女なので、生唾《つば》を呑みこまずにいられない。

視線を釘づけにされながらも、圭一郎の脳裏には、新潟の温泉宿で赤い浴衣を着ていた里穂子の姿がよぎっていった。襦袢の緋色がどうしても思い起こさせた。そして、その女はいま、この部屋にいる……。

壁際に椅子に座って伏し目がちにこちらを見ていたが、乃愛と美琴は彼女のことをきっぱりと無視することに決めたようだった。先ほどから一瞥もしないし、気にする素振りもない。

「あたしも負けてらんないなあ……」

今度は乃愛が立ちあがった。入れ替わりに、美琴が隣に腰かける。緋襦袢に透けた乳房が間近に迫り、圭一郎はうまく呼吸ができなかった。さらに、白魚《しらうお》のような手が太腿に置かれる。ただ太腿を撫でているだけなのに、いやらしすぎる手つきに舌を巻く。乃愛の触り方は無邪気なものだったが、美琴の触り方はあきらかにセックスの前戯だった。撫でられれば撫でられるほど、むらむらした気分がこみあげてくる。

「ねえねえ、宍戸さん……」

こっちを見て、とばかりに乃愛が両手に腰をあてる。

「セーラー服の女の子がですね、いちばんエッチに見えるシチュエーションって、なんだと思います？」

圭一郎は曖昧に首をかしげた。

「あたしはパンチラだと思うんですよねー」

両手を腰にあてたまま、再び腰を振りはじめる。アイドルグループの下部組織にいたせいか、リズム感がいい。音楽などかかっていないのに、陽気なダンスミュージックが聞こえてきそうだ。

「アイドルはスカートの下に絶対見せパンを穿いてますけど、いまは違いますから。生パンですから」

腰の振り方が激しくなる。太腿の付け根ぎりぎりまで、襞スカートが跳ねあがる。それでもまだ、下着は見えない。

圭一郎が身を乗りだすと、

「アングルも重要ですよね」

乃愛は後ろ向きになって、絨毯に両膝をついた。四つん這いで尻を突きだす格好になり、振り返ってこちらを見る。

「見えました？」

圭一郎は首を横に振った。またもやぎりぎりで見えなかった。しかし、前から見るより、四つん這いで見る太腿のほうが、肉感的だった。黒いストッキングが太腿に引きのばされて薄くなっている、いやらしすぎるアングルだった。いっそこの手でスカートをめくってやろうとか思ったが、見えそうで見えないきわどい感じがそそるのだろう。乃愛はそのことをよく知っているのだ。

「どうですか？」

乃愛が尻を振りはじめる。揺れる襞スカートの奥から、ツンと鼻につく若牝の匂いが漂ってくるような気がする。彼女は生パンと言っていたが、穿いているのはパンティ一枚ではない。ストッキングと二重だ。二十歳の花がその奥で蒸れて、淫らな熱気を放っていることは間違いない。

チラリと白いものが見えた瞬間、圭一郎は叫び声をあげてしまいそうになった。乃愛が着けているパンティは白だったのだ。黒いストッキングに透けた白いパンティほどいやらしいものはない。それもまた計算ずくだろうが、彼女の計算通りに、圭一郎は鼻息を荒げてしまった。

「やだもう、宍戸さん。すごいいやらしい顔してる」

美琴が呆れたように笑う。

乃愛はいよいよ勢いよく尻を振りたてて、パンチラどころか丸見えになっていった。小ぶりで丸みのあるヒップはいかにも少女っぽく、それを包んでいる白いパンティは、極薄の黒いナイロンに透けてなお、可愛らしかった。

「……見えてますか？」

ささやく表情が色っぽくなってきたのは、見られている自覚があるからに違いない。圭一郎の熱い視線をヒップに浴びて、彼女もまた、興奮しているのだ。さすがアイドル予備軍だ。見られる悦びを知っている……。

「そろそろ我慢できなくなってきたんじゃないですか？」

美琴がささやきながら身を寄せてくる。太腿を撫でまわしている手が、次第に内腿まで這ってくる。

「乃愛ちゃんのお尻、プリンプリンでとっても可愛いですね。それを見ながらこんなことされたら、とっても気持ちいいですよ」

美琴が赤い唇を丸いOの字に開いたので、圭一郎はごくりと生唾を呑みこんだ。フェラチオがしたいという意思表示のようだった。

先ほど女帝との座興で、美琴は跪いて指を舐めていた。その姿、その表情だけで身震いを誘うほどいやらしかったが、今度は女帝の指ではなく自分のペニスを舐めてくれる……遊女さながらのやや透けた緋襦袢姿で……。

想像しただけでイチモツが反り返し、熱い我慢汁まで噴きこぼれそうだったが、

「いや、その前にしてもらいたいことがあるんだ……」

圭一郎はこみあげてくる欲望をこらえて言った。

フェラチオされてしまったら、次は挿入したくなるに決まっている。挿入すれば射精である。こちらはもう五十の声を聞いているのだから、ひと晩に何度も射精できるわけではない。せいぜい二度くらいだろう。

ならば、安易にその流れに乗ってしまわないほうがいいはずだった。溜めこんだものを爆発させるのは、限界までこらえたあとでも遅くはない。

3

「並んで立ってくれ」

圭一郎はベッドから腰をあげ、ふたりに指示を出した。ひとりだけ全裸なのが我ながら滑稽だったが、それももう少しの辛抱である。

「じゃあ、まずは……」

小柄な乃愛のほうから攻めていくことにする。

「スカートをめくってもらえるかな」

「ええっ？　こっ、こうですか……」

乃愛は襞スカートの前を両手でつまみ、おずおずと持ちあげていった。四つん這いのヒップも悩殺的だったが、前をめくれば白いパンティが股間にぴっちりと食いこんでいる様子がうかがえる。もちろん、極薄の黒いナイロンに透けて、股間を縦に割る卑猥なセンターシームのおまけまでついている。

「恥ずかしですよぉ……」

これからＡＶ界にデビューしようというのに、乃愛は頬を赤く染めて羞じらった。いや、この羞じらいこそ、ＡＶ女優の適性なのかもしれない。どれだけ容姿端麗でも、羞じらいを忘れた女に男は関心を示さない。

「そのままでいてくれよ……」

乃愛にささやきつつ、美琴に視線を向けていく。

「めくってくれ」

「わたし……」

美琴は長い睫毛《まつげ》を一度伏せてから、上目遣いで見つめてきた。

「着物の下にパンツを穿いたりしませんよ」

なるほど、古式ゆかしいルールに則っているらしい。「響かないパンティ」なんて野暮《やぼ》なものを穿かれていたら興醒めだったので、嬉しくなってくる。

「今日は裾よけも着けてませんから、襦袢をめくったら……」

恥ずかしいところが丸見えになってしまう、ということらしい。ますます嬉しくなってくる。

圭一郎は眼顔でうなずき、緋襦袢をめくるようにうながした。

隣では乃愛が襞スカートをめくって、白いパンティと黒いストッキングが悩殺的なハーモニーを奏でている。現状で言えば、九対一くらいで乃愛のほうがエロい。

負けじと、美琴も緋襦袢をめくっていった。百戦錬磨のソープ嬢も、さすがに顔を赤くしている。圭一郎と一対一なら、これほど羞じらわなかったかもしれない。隣には乃愛がいるし、その存在を無視しているとはいえ、壁際では里穂子が椅子に座ってこちらを眺めている。

おおっ！　と圭一郎は声をあげそうになってしまった。

美琴の黒い草むらは、エレガントな小判形をしていた。繊毛の量が多すぎず少なすぎず、驚くほど品のある生えっぷりだ。手入れしている痕跡はないから、ナチュラルなのだろう。清楚な瓜実顔によく似合う、素晴らしい陰毛である。

「もっと近くでよく見てもいいですよ……」

美琴はツンと鼻をもちあげた生意気な顔で言ったが、声が震えていた。顔も赤くなっているし、恥ずかしがっているのを隠しきれない。自分だけ生身の股間をさらしものにされた以上、いっそ圭一郎にむしゃぶりついてきてほしいと思ったのかもしれない。むろん、その手には乗らなかった。夜はまだ始まったばかりである。

「そのまま、そのまま……」

圭一郎は羞じらう美琴に言い、今度は乃愛の足元にしゃがみこんだ。

「美琴ちゃんだけ、マン毛丸出しにさせておくわけにはいかないからな。乃愛ちゃんのも見せてもらうよ……」

下から見上げてささやくと、乃愛は口の端だけで意味ありげに笑った。どういうつもりかわからなかったが、圭一郎は襞スカートの中に両手を入れ、黒いストッキングをおろしていった。ミルク色に輝く太腿がまぶしかった。ストッキングを膝までさげると、今度は白いパンティをずりおろしにかかる。

乃愛は両手で襞スカートをつまんだまま、しきりに眼を泳がせている。ＡＶデビューが決まっている彼女も、やはり恥ずかしいのだ。純粋な男女の営みではなく、ギャラリーありの条件で下の毛をさらされるのは……。

可愛い顔をしているけれど、ＡＶ女優になるくらいだから性欲は旺盛、下の毛は意外なほど剛毛かもしれない、と期待に胸がふくらんでいく。

いずれにせよ、ギャラリーの前で恥部をさらすのは、彼女にとって越えなければならない壁だろう。圭一郎はＡＶ女優への背中を押すつもりで、白いパンティを膝までおろした。

おおうっ！　と今度こそ本当に声をあげてしまった。

毛がなかったからだ。

パイパンだったのである。

「あたし、こう見えてとっても毛深かったんです」

乃愛が上からささやいてくる。

「でも、アイドルグループのアンダー要員なんてお金ないから、エステに行きたくても行けないし、自分で処理するのにも限界があって……それで、ＡＶに出るかわりに、いまの事務所にエステ代出してもらったんです。二百万円。半年かかりましたけど、全身つるつるのピカピカになりました……」

そんな話はどうだってよかった。圭一郎の視線は、金と時間をたっぷりかけて真っ白に磨きあげられた恥丘に釘づけだった。こんもりした盛りあがり方もいやらしいその部分は、たしかにつるつるのピカピカだったが、割れ目が見えていた。脚を揃えて立っているのに、世にもいやらしいくすんだピンク色のものが、はっきりと……。

「そんなに見ないでください」

乃愛がいやいやと身をよじる。嘘つけっ！　と圭一郎は胸底で叫んだ。彼女は見てほしいのだ。綺麗になった自分の体を見てほしくてたまらないから、AV女優になろうとしているに決まっている。

ならば見てやろう、と圭一郎は奮い立った。靴を脱がせて、パンティとストッキングを脚から抜いた。

「ベッドにあがって脚をひろげるんだ。恥ずかしいところを全部見せるんだ。美琴ちゃんもだ。ふたり並んで、オマンコを見せてくれ」

圭一郎は一瞬、この部屋に里穂子がいることを忘れて、そんなことを口走ってしまった。欲望露わな言動をとれば、かつての恋人をどれだけ失望させることになるのか、考えることもできないくらい興奮していたからだ。

失望されたところでかまいやしない、と居直るしかなかった。そもそも嫌がらせのために見学させているようなものなのだから、とことんスケベな中年男に成り下がり、人生最後のセックスを謳歌《おうか》するしかない。元愛人に遠慮してあとからほぞを噛むような、愚かな男にはなりたくない。

ベッドの上では、ふたりの美女が脚を開こうとしていた。

一方は清純さと気品を漂わせている紺色のセーラー服から、もう一方は遊女まがいの緋襦袢から白い下半身を出して……。

しかも、セーラー服のほうはパイパンだ。いまどき珍しくないのかもしれないが、隣の美琴が品のある生えっぷりなので、対比がたまらない。ふたりが両脚をM字に開ききると、圭一郎はあんぐりと口を開いたまま動けなくなった。

毛のない乃愛の股間は、想像を超えたインパクトだった。

つるりとした白い恥丘とアーモンドピンクの花びらの組み合わせは、清潔でありながら卑猥、いやらしいのに美しい造形美があった。花びらが縮れていたり、形くずれしていないからだろう。左右対称でぴったりと口を閉じたたたずまいには、二十歳という年齢に相応しい初々しさがあり、見れば見るほど魅了されていく。清潔な白い素肌からくすんだ灰色、そしてアーモンドピンクへと移り変わっていくグラデーションも素晴らしく、まるでひとつのアート作品のような趣きがある。

人工美、と言ってもいいかもしれない。

そこにあった繊毛をすべて処理したせいで、単なる性器以上の剥きだし感があるのだ。裸以上に、裸になっているような……。

しかし。

乃愛のパイパンが際立っているのは、隣で両脚をひろげている美琴の存在のせいでもあるのだった。

彼女の小判形の草むらには、まるで熟練の植木職人が長い年月をかけて育てあげたような優美さが宿っていた。こちらはこちらで、ひとつのアート作品のようだった。だがやはり、それは女の性愛器官を飾る陰毛であり、美しさと同時に獣じみてもいる。繊毛が茂っているのは恥丘の上だけで、割れ目のまわりは清潔そのものなのだが、花びらは大ぶりで肉厚、複雑に縮れながら身を寄せあっている姿は巻き貝にも似て、奥を堅固に守っているように見える。

「ひろげて見せてくれないか」

圭一郎が興奮に震える声でささやくと、乃愛は両手を股間に伸ばし、ぐいっとひろげた。花びらがぱっくり開いて、思ったよりも赤みの強い粘膜が姿を現した。その色艶だけでも、舐めるようにむさぼり眺めるに価したが、体の内側までのぞきこまれている羞恥に顔を歪めている表情は、もっと見ものだった。元が可愛い美少女だけに、たまらなくそそる。

一方、美琴のやり方はもっと洗練されていた。右手だけを股間に伸ばし、人差し指と中指を割れ目の両サイドにあてて、ぐいっとひろげた。逆Vサインの間から、薄桃色の粘膜をチラリと見せてきた。

そむけた顔は、乃愛のようにあからさまに羞じらっていなかった。むしろ澄ました顔を取り繕おうとしているようにさえ見えたが、性器の奥まで見せているのである。二歳年下の美少女と、粘膜の色艶を比べられているのである。恥ずかしくないわけがなく、横顔が次第にひきつっていく。

美琴にはどうやら、恥ずかしいことをさせると、澄ました顔を取り繕う癖があるようだったが、それでいて恥ずかしさを隠しきれないところがいやらしい。羞じらい方も、乃愛よりずっと複雑で、奥ゆかしい感じがする。

その雰囲気が、日本伝統の緋襦袢と異様にマッチしていた。両足を包んでいる白い足袋《たび》も、こうなると卑猥な小道具にしか見えない。

「綺麗だよ……」

圭一郎は陶然《とうぜん》としてささやいた。

「ふたりとも、とっても綺麗なオマンコだ……いや、綺麗なのは美琴ちゃんのほうだな。乃愛ちゃんのオマンコは可愛い。食べてしまいたくなるほど、可愛いオマンコだ

「……」

ふたりの表情はますます羞恥に彩《いろど》られていったが、圭一郎はむさぼり眺めるのをやめることができなかった。この光景を、眼に焼きつけておこうと思った。焼きつけておかねばなるまい。いまわの際に思いだすために……。

4

「そろそろ我慢できなくなってきたよ……」

圭一郎は熱い吐息を吐きだした。たっぷりと十分以上、眼福を味わった。まだまだ眺めていたかったが、それでは彼女たちを退屈させてしまいそうだった。金で買ったとはいえ、セックスはコミュニケーションである。自分ばかり楽しんでいるのは、よろしくないだろう。

「あたし、なんだか変な気分……」

乃愛が甘く蕩《とろ》けるような声で言った。

「こんなにジロジロ見られたの初めてだから……最初は恥ずかしかったのに……感じてきちゃった……」

嘘ではないようだった。彼女の恥ずかしい粘膜は、十分前よりずっと蜜の光沢をたたえていた。濡らしているのだ。しかも、渦を巻いている内側の肉ひだが、ひくひくと蠢《うごめ》いている。まるで刺激を求めるように……。

美琴は眼を伏せて黙っていたが、濡れているというなら、彼女の薄桃色の粘膜のほうが上をいっていた。逆Vサインをキープしているのは指が疲れるのか、あるいはわざとなのかもしれない。美琴は指を何度も閉じたり開いたりしていた。となると当然、割れ目も何度となく開閉されており、そのたびに涎《よだれ》じみた蜜があふれ、アヌスの方まで垂れていっている。

「見た目は最高だが、味のほうはどうなんだろうね……」

圭一郎は独りごちるように言いながら、美琴の前でしゃがみこんだ。より濡らしている点に敬意を表し、先に舐めてやることにする。

顔を近づけていくと、美琴は割れ目をひろげていた右手をすっとどけた。物欲しげな所作ではなかったけれど、手のひらに隠れていた繊毛が逆立っていた。女体の発情を示す証拠である。口には出さなくても、彼女もやはり、恥部をむさぼり眺められて興奮していたらしい。

見た目だけではなく感度も抜群とは、まったく天性の娼婦である。この先いったいどこまで楽しませてくれるのか、想像するだけで鳥肌が立ちそうだ。

長々と逆Vサインでひろげていたせいだろう、指を離してもアーモンドピンクの花びらは少しめくれたままで、薄桃色の粘膜がのぞいていた。圭一郎は舌を差しだし、まずは花びらの表面から舐めはじめた。大ぶりで肉厚で弾力に富み、結合の具合を生々しく想像させる花びらだった。

興奮に唾液があふれてきた口に含み、鶏冠《とさか》じみた舐め心地を楽しんだ。左右とも執拗にしゃぶりあげても、美琴は声をあげなかった。隣の乃愛、あるいは壁際の里穂子を意識しているのかもしれないが、感じているのは間違いなかった。舌を使いながら撫でたり揉んだりしている太腿から、手応えが伝わってくる。ぶるぶるっ、ぶるぶるっ、と断続的に震えては身をよじっている。

左右の花びらがぱっくりと開ききると、上端にあるクリトリスが姿を現した。まだ包皮を被っていたが、そこは女の体でいちばん敏感な部分だった。尖らせた舌先で軽く転がしてやっただけで、美琴は腰を浮かせ、くぐもった声をもらした。

圭一郎はねちっこく舌を動かしながら、隣の乃愛を横眼で見た。息をつめて、眼つきをトロンとさせていた。彼女の感情表現はシンプルだった。素直と言ってもいい。早く自分も舐めてほしいと、可愛い顔に書いてある。

とはいえ、圭一郎の舌は、美琴に夢中だった。

ねちり、ねちり、とクリトリスを舐め転がすほどに、美琴は身をよじり、顔をこわばらせ、白い足袋に包まれた足指をぎゅうっと丸める。薄桃色の粘膜からは新鮮な蜜をこんこんと漏らし、舌が泳ぐほどになっていく。

女を感じさせている実感が、圭一郎を一段上の興奮にいざなっていった。見ているだけで生唾ものだった極上の美女が、自分の舌技で大量の蜜を漏らし、発情しきっていくのだから、これに勝る男の悦びはないだろう。

とはいえ、乃愛をいつまでも放置しておくのもマナー違反な気がした。自分と美女の淫らな戯《たわむ》れを見て唇を嚙みしめるのは、里穂子だけでいい。圭一郎は蜜にまみれた唇を手のひらで拭うと、乃愛の方に移動した。

「待たされすぎて、せつない気持ちになってきちゃいました……」

乃愛が胸を押さえ、恨みがましい眼を向けてくる。嫉妬と欲望を隠そうとしない二十歳は、五十歳の圭一郎にはたまらなく魅力的だった。感情を内に秘める美琴のようなタイプも好きだが、素直な乃愛も可愛くてしかたがない。順番を後まわしにしたお詫びに、マングり返しに押さえこんでやる。

いきなり背中を丸めこまれ、乃愛は「きゃーっ！」と悲鳴をあげたが、その両脚の間から圭一郎が顔をのぞかせると、恥ずかしそうに眼を伏せた。なにしろこの体勢では、割れ目はもちろん尻の穴まで丸出しだし、クンニをされてあえいでいる顔まで、きっちりと見られてしまう。

圭一郎は右手の指にたっぷりと唾液をまとわせると、パイパンの割れ目をなぞりはじめた。四本の指を折り曲げて、こすりあげるような感じだ。視姦で濡れていた乃愛の割れ目はすぐにすべりがよくなった。

舌を使わなかったのは、別のところを舐めたかったからだ。マンぐり返しにした瞬間、桃色のアヌスが眼に飛びこんできたのである。肌のくすみがまったくない、これほど綺麗なすぼまりは見たことがなく、舌を這わせずにはいられなかった。

「いやっ、いやっ……そんなところっ……」

乃愛は驚愕に眼を見開き、身をよじってくすぐったがったが、同時に割れ目も刺激しているので、次第に快楽に溺れていった。彼女が濡らせば濡らすほど、指のすべりはよくなり、深く食いこませることができようになっていく。そうすると、まだ花びらに埋まっているクリトリスにも刺激が届く。アヌスを舐められるのはくすぐったくても、敏感な性感帯との同時攻撃に、あえぐことしかできなくなる。

圭一郎はアヌスの細かい皺がふやけるほどに舐めまわすと、今度は両手を乃愛の上半身に伸ばしていった。両脇をまさぐってファスナーを探し、ちりちりと上にあげていく。上着をめくると、白いブラジャーが姿を現した。清純さがまぶしかった。カップを強引にめくりおろすと、小ぶりな乳房が恥ずかしげに顔をのぞかせた。隆起は控えめでも女らしさは充分にたたえており、乳首に至っては驚くほど淡いピンク色だった。乳暈など、ともすれば地肌に溶けこんでしまいそうなほど透明感がある。

なるほど……。

これほど蠱惑《こわく》的なボディをしていれば、アイドルの卵などやっている場合ではないのかもしれなかった。アイドルなら乳首が黒くてもそれを見せることはないし、スタイルに多少難があってもステージ衣装で誤魔化すことができる。AV女優はそうはいかない。裸一貫、すべてをさらけ出さなければならないから、ある意味アイドルよりもボディのスペックが高くなくてはいけないのだ。

しかも、乃愛はどうやらセックスがとても好きなようだった。マンぐり返しでアヌスを舐められることにもすぐに順応し、新鮮な蜜をあとからあとからあふれさせている。彼女にとってAV女優は、天職になるかもしれない。

ピンク色の乳首を両手でつまみながら、満を持してクリトリスを舐めはじめると、手放しでよがりはじめた。マンぐり返しに押さえこまれた不自由な体をしきりによじり、宙に浮いた両脚をバタつかせてあえぎにあえぐ。決して狭くないベッドルームに、彼女の放つ淫らな悲鳴だけが充満していく。

そのとき、美琴が動いた。伊達《だて》締めをはずし、みずから緋襦袢を脱いだのだ。クンニに没頭していた圭一郎も、思わず視線を向けてしまった。たわわに実った乳房が露わになっていた。乳首こそあずき色だったが、ツンと上を向いた美巨乳だった。美琴はそれを揺らして身を寄せてくると、圭一郎の耳元で、圭一郎にだけ聞こえるひそひそ声でささやいた。

「宍戸さん、オマンコ舐めるのとってもうまかったから、わたし恥ずかしいくらい感じちゃいました……」

圭一郎は驚いて美琴を二度見してしまった。その上品な口から、まさかオマンコなどという言葉が飛びだすとは思っていなかったからである。

眼が合っても、美琴は笑わなかった。ねっとりと濡れた瞳で、せつなげに見つめてきた。そしてまた、ひそひそ声だ。

「オマンコ気持ちよくしてもらったお礼に、オチンチン舐めさせて……」

唇をOの字に丸めて、見せつけてくる。口腔奉仕こそが男を骨抜きにする彼女の必殺技であることは、疑いようがなかった。だからこそ、あんな座興をやってみせたに違いない。

一度は先送りにしたフェラチオだったが、今度は我慢できそうになかった。

「よし、それじゃあ舐めてもらおうか……」

圭一郎はマングり返しの体勢を崩し、ベッドの上で仁王立ちになった。

「ただし、ふたり一緒にだ……一緒に僕のものを舐めてくれ……」

雄々しく反り返ったイチモツを誇示して言うと、女たちは肩を並べて圭一郎の足元に膝をついた。

乃愛は乱れたセーラー服の上着を脱ごうとしたが、美琴の見事な美巨乳を見て脱ぐのをやめた。一瞬の出来事だったが、圭一郎は見逃さなかった。乃愛がひどく悔しげに、苦虫を嚙みつぶしたような顔をしたのも……。

乳房の大小なんて気にすることはない、と言ってやりたかった。乃愛ほどの美少女に、そんなことでいじけてほしくなかったが、もう少し彼女のセーラー服姿を見ていたかったので圭一郎はなにも言わなかった。

ふたりが男根に顔を近づけ、舌を差しだしてきた。どちらも綺麗なピンク色の舌をしていた。それが二枚同時に襲いかかってくる感動は、男冥利《みょうり》に尽きるとしか言いようがなかった。

乃愛はチロチロと舌先を動かしながらくすぐるように舐めてきた。潑剌とし、俊敏ささえ感じる動きは、まるで舌だけが別の生き物のようだった。

一方の美琴は、舌の裏のつるつるした部分を使って、ねっとりと舐めてくる。時折、少しざらついた舌の表面で舐められるのも、刺激が変わってたまらない。

「咥えてくれ……順番にだ……」

圭一郎は首に筋を浮かべながら、声を絞りだした。

まず咥えてきたのは、乃愛だった。イチゴのように赤く色づいた唇を限界までひろげて亀頭を頰張ると、ゆっくりとしゃぶりあげてきた。舐められ心地も最高だったが、上目遣いで見つめられると、心拍数が急上昇した。グロテスクな男根を口唇に咥えてなお、乃愛は可愛らしかった。フェラ顔がこれほど可愛い女はざらにはいないはずで、それだけでもAV界の明日のスターは間違いなしに思われた。

「よし……次は美琴ちゃんだ……」

乃愛の唾液がたっぷりついているにもかかわらず、美琴は躊躇《ためら》うことなく男根を深々と咥えこんだ。その瞬間、表情が変わった。眉根を寄せ、双頬をべっこりとへこませたいやらしすぎる表情で、男根を吸いたててきた。吸引力も強かったが、口内では休みなく舌が動いていた。吸いしゃぶられるのと舐めまわされるのとの波状攻撃に、圭一郎はもう少しで声をもらしてしまうところだった。

乃愛が立ちあがって身を寄せてきた。息がかかる距離まで顔を近づけられると、圭一郎は瞬きも呼吸もできなくなった。美しい顔は、近くで見れば見るほど破壊力を増すらしい。長い睫毛、吸いこまれそうな黒い瞳、すっと通った鼻筋、ふっくらした頬……なにもかも完璧で、怖いくらいだ。

耳元で、圭一郎だけに聞こえるひそひそ声でささやいた。

「美琴さん、すごいいやらしい顔して舐めてますね……」

うなずくしかなかった。

「さすがプロって感じ。あんなの真似できない。おっぱいだって大きいし……」

悔しげに唇を尖らせる表情がたまらなくそそる。肉体は美琴の練達なフェラテクに翻弄《ほんろう》されつつも、心は乃愛に奪われていく。美琴と二歳しか違わないのに、乃愛には青春の甘酸っぱい匂いがする。紺色のセーラー服と相俟《あいま》って、時間が巻き戻される錯覚に陥ってしまう。モテなかった青春時代、もし彼女のような美少女とこんな関係になっていたら——妄想が暴走しはじめる。

「キミにはキミのいいところがあるよ……」

髪を撫でながらささやいてやると、乃愛はたまらなく嬉しそうな顔をした。同時にひどく照れくさそうに、唇を差しだしてキスをねだってくる。圭一郎は応えた。美琴の濃厚フェラで顔を燃えるように熱くしながらも、情熱的に乃愛と舌をしゃぶりあってしまった。

5

「あっ、ずるーいっ！」

不意に乃愛がキスを中断したので、何事が起こったのかと思った。

美琴が四つん這いになっていたのだ。尻の桃割れからアーモンドピンクの花びらをのぞかせながら、淫らに蕩けきった顔で振り返った。

「もう欲しいです……欲しくて我慢できなくなってしまいました……」

「そんなこと言ったらわたしだって……」

顔に似合わず、乃愛はかなりの負けず嫌いのようだった。すかさず美琴の隣で四つん這いになり、襞スカートをめくりあげて白い尻を剝きだしにした。

「ねえ、宍戸さん……どっちのお尻が可愛い？　どっちに先に入れてみたい？」

言いながら、青い果実のような尻を振りたてる。

「ああっ、宍戸さんっ……わたし、本当にもう我慢の限界っ……」

競うように、美琴も尻を振りたてた。その言葉に嘘はないようで、漏らした蜜が内腿をテラテラと濡れ光らせていた。しかも、隣の乃愛の尻がいかにも少女じみているのに、美琴の尻はたっぷりと量感がある。後ろから突きあげれば小気味いい音を鳴らしそうで、見ているだけで口の中に唾液があふれてくる。

「そんなに入れてほしいのか？」

圭一郎は両手を上に向け、それぞれの桃割れの奥に忍びこませていった。揃ってビクッと反応するのがいやらしく、濡れた花園をいじりまわしてやる。

濡れ方は、どちらも甲乙つけがたかった。熱気もそうだった。ふたりとも発情しきっているようだったが、感触だけが少し違った。

乃愛の花びらは分厚くて弾力があり、まるでそこに唇がついているようだった。対して美琴のほうは、トロトロに蕩けて指にまとわりついてくる。どちらが具合がいいかは、結合してみなければわからない。

乃愛に花を持たせてやることにした。

乳房の大きさや性技で後れをとっていると思いこんでいるようだったが、そんなことはないと言ってやりたかった。女の価値はそんなところにはない。実際、彼女がいてくれているおかげで、今夜は最高の思い出がつくれそうだ。

「やーん、わたしからですかぁ」

尻に腰を寄せていくと、乃愛は眼尻を垂らして喜んだ。美琴を出し抜けたことが、心底嬉しいようだった。

圭一郎はふたりぶんの唾液でネトネトになった男根をつかみ、切っ先を濡れた花園にあてがった。指先にはまだ、唇のようだった花びらの感触がはっきり残っていた。その中心に、亀頭を埋めこんでいく。ずぶりっ、と入れた瞬間、乃愛は振り返っていられなくなり、四つん這いの体をこわばらせた。

先っぽを少し入れただけで、締まりのよさが伝わってきた。さすが二十歳と言うべきか、結合感がたまらなくフレッシュだ。

すべてを埋めこむと、その感覚はますます強まり、まるで唇で咥えこまれているようだった。あまりのきつさに、じっとしていることができない。

ゆっくりと抜き、もう一度入り直していく。乃愛の中は奥の奥までよく濡れていた。出し入れはスムーズなのに、やはりきつい。こんな結合感は、いままで味わったことがない。

興奮のままに、ピッチをあげていく。乃愛の尻は小さくて丸いから、突きあげやすかった。一打ごとに、貫いている、という実感があった。勢いみるみるとピッチがあがっていき、気がつけば連打を放っていた。

乃愛が歓喜の悲鳴をあげる。女がセックスのときにあげる声は男にとってたまらないものだが、乃愛の場合、元の声が甘いからなおさら耳に心地よかった。甲高くなるほどに、可憐さを振りまいた。かといって、いやらしくないわけではない。漏らしすぎた蜜が、ずちゅっ、ぐちゅっ、と卑猥な肉ずれ音をたてはじめると、それにからむ悲鳴も次第に艶を増していく。

夢中になって腰を振りたてながらも、圭一郎の視界には、乃愛の隣で四つん這いになっている美琴の姿も入っていた。尻を突きだしたいやらしい格好で、自分の順番を待っていた。乃愛はセーラー服を着ているが、美琴は全裸に白い足袋だけだから、なんとなく憐れを誘った。

べつに彼女をないがしろにしているわけではなかった。むしろ一刻も早く腰を振りあってみたかったが、物理的に無理なだけだ。乃愛と始めてしまった以上、しばらくはチェンジできない。せめてもの罪滅ぼしに、突きだされた尻の奥で疼いている部分をいじってやろうとか思っていると、美琴が体を起こして身を寄せてきた。

九州ナンバーワン・ソープ嬢ともなると、複数プレイにも慣れているのかもしれなかった。待たされているからといって乃愛のようにいじけることなく、圭一郎の乳首を舐めてきた。舐めては吸い、吸っては甘嚙みまでしてくるテクニックには、唸るしかなかった。美琴が乳首を舐めはじめてから、乃愛の中に埋まった男根がひときわ硬くなったような気がした。

「乃愛ちゃんのお尻って……」

耳元でささやきかけてくる。

「本当に可愛くてプリンプリン……こういうお尻の子って、オマンコもキツキツでしょう？　すごく締められてるんじゃないですか？」

圭一郎は腰を振りながら美琴を見た。その瞳はどこまもいやらしく潤みきり、見つめあっていると背筋がぞくぞくした。美琴の場合、乃愛に嫉妬しているわけではなさそうだった。そうではなく、ただ純粋にエロティックなムードを盛りあげたいのだ。

圭一郎に、興奮しきってほしいのだ。

「ねえ、どうなんです？　乃愛ちゃんのオマンコ、とってもキツキツ？　二十歳のオマンコ犯して、気持ちいい？」

耳元でささやきながら、乳首を爪でくすぐってくる。先ほどのフェラのときとは反対に、乃愛を突きあげながらも、美琴に心を奪われていく。彼女のつくりだす淫らなムードに、為《な》す術《すべ》もなく巻きこまれていく。

「ワンワンスタイルって、本当にエッチな体位ですよね。女の子はね、お尻の穴まで全部見せてとっても恥ずかしいんですよ。ほら、乃愛ちゃんの桃色のアヌスもよく見える。彼女はもう、隠すところがなにもない……恥ずかしいところ全部、宍戸さんにさらけだしているんですよ……」

耳底にひそひそ声を注ぎこまれるほどに、圭一郎はいても立ってもいられないほど興奮した。必然的に腰使いが荒々しくなり、怒濤《どとう》の連打で乃愛を突きあげてしまう。乃愛の悲鳴が断続的になり、息をつめている時間が長くなった。紺色のセーラー服に包まれた体はこわばり、なにかに対して身構えているようだ。

イキそうなのかもしれなかった。二十歳の彼女に中イキまでは期待していなかったが、その予感が一打ごとに確信に近づいていく。

そのときだった。

「イキそうなの？」

美琴が乃愛のヒップを撫でまわし、ピシッと叩いた。こわばっていた乃愛の体がそれに反応し、「ひいっ！」という悲鳴があがる。

「イキそうなら、遠慮なくイカせてもらいなさい。女の子がイケば、男の人も気持ちいいのよ。我慢しないで思いきりイケばいいの……」

言いながら、ピシッ、ピシッ、と乃愛の尻を叩く。叩かれるたびに乃愛は悲鳴をあげたが、圭一郎もまた声をあげたかった。

尻を叩いた瞬間、蜜壺がぎゅっと締まるからだった。ただでさえ締まりがいいのに、そんな刺激まで加われば、正気を失いそうなほど興奮せずにはいられない。もちろん、蜜壺が締まって気持ちがいいのは、圭一郎ばかりではないだろう。乃愛もまた、正気を失いそうになっているに違いない。

美琴が容赦なく尻を叩き、圭一郎が怒濤の連打を浴びせていく。ふたりがかりで責められた乃愛はひいひいと喉を絞ってよがり泣き、四つん這いの体を小刻みに痙攣させはじめた。

「ああっ、いやっ……イッちゃいそうっ……イッ、イッちゃうっ……わたしイッちゃいますっ……イクウウウウウーッ！」

両手でシーツを握りしめ、乃愛は恍惚の彼方《かなた》にゆき果てていった。イッた瞬間、蜜壺がひわきわ痛烈に男根を締めあげてきて、圭一郎は射精してしまいそうになった。なんとかこらえきれたのは、美琴のおかげだった。両手で顔を挟まれて、至近距離から見つめられた。

「まだ出さないで……」

美人の顔が間近でみるほど破壊力を増す法則は、美琴にもあてはまった。しかも、ねだるようにささやかれたのに、強制力があった。その点が、乃愛との違いだった。美琴に「まだ出さないで……」とささやかれた瞬間、全身の細胞が彼女を失望させることを拒んだ。本当に放出寸前だったのだが、乃愛をイキきらせることだけに集中することができた。

6

イキきった乃愛がうつ伏せに倒れこむと、圭一郎は美琴と眼を見合わせた。

次は美琴と繋がる番だった。彼女が四つん這いのままであれば迷わず後ろから挑みかかり、鶯の谷渡りを堪能したであろうが、いまさらそこに戻るのもなんだか間が抜けている気がした。

「上になってもらってもいいですか？」

圭一郎が言うと、美琴は伏し目がちにうなずいた。いまのいままで乃愛の尻を叩く大胆テクニックを披露していたのに、清楚な瓜実顔には奥ゆかしい羞じらいが浮かんでいた。

正常位で挑みかかっていってもよかったが、相手は九州ナンバーワンのソープ嬢。せっかくなら女が腰を振る騎乗位でお手並み拝見してみたかった。ここまでのところ彼女はムードづくりもテクニックも完璧だったから、身をまかせることに期待がふくらんでしようがない。

圭一郎があお向けに横たわると、美琴が腰にまたがってきた。片膝だけを立てた姿勢が、慎ましくもセクシーだった。男根は乃愛の蜜をたっぷりと浴び、白濁した本気汁までからみついてネトネトの状態だったが、美琴はかまわずそっと指を添え、切っ先を花園に導いていった。

クンニをしてからしばらく間があったが、美琴の女の部分は熱く疼いていた。花びらが亀頭にぴったりと密着しただけで、それが生々しく伝わってきた。熱い蜜がねっとりと垂れてきたような感触さえあった。

美琴が腰を落としてくる。発情に逆立った小判形の草むらの奥で、女の割れ目が亀頭を咥えこんでいく。ますます熱気が伝わってくる。まるで煮えたぎっているかのような熱気に、圭一郎は息ができなくなった。

美琴は最後まで腰を落としきると、倒していたほうの脚も立てた。圭一郎の腰の上でM字開脚を披露した。

圭一郎はうめいた。顔がみるみる熱くなっていき、額から脂汗がにじんできた。美琴はまだ動きだしていなかった。にもかかわらず、男根が刺激されている。内側のヌメヌメした肉ひだがざわめいていた。ざわめきながら吸いついてきた。まるで、無数の蛭がそこに棲息しているかのように……。

『ミミズ千匹知ってまっか？』

女帝の言葉が耳底に蘇《よみがえ》ってきた。

『カズノコ天井、巾着蛸壺、三段締め、世に言う名器の条件を、美琴はすべて兼ね備えております。抜かずの二発、三発なんて、普通やさかい……』

これが名器というやつなのか、と胸底でつぶやく。締まりそのものは、乃愛のほうがきつかった気がする。美琴の蜜壺はそういう次元を超えて、もっと別種の刺激に満ちているようだ。

美琴が動きだした。股間をゆっくりと上下させて、男根をしゃぶりあげてきた。あきらかに、締まる場所とそうではない場所があった。たとえば入口はよく締まる。中にも締まる箇所がある。だが、すべてが均一ではなく、中が凸凹《でこぼこ》している感じだ。それでいて全体が生き物のように蠢いているから、股間を上下に動かす以上に複雑な刺激が襲いかかってくる。

粘り気もすごかった。きつくはないが、吸いついてくるのだ。次第に高まっていく肉ずれ音も、乃愛のときよりずっと粘っこい。

圭一郎は脂汗にまみれた顔で美琴を見上げている。美琴も見つめ返してくる。眉根を寄せ、眼を細めて、息をはずませている。決して余裕綽々《しゃくしゃく》ではなく、清楚な美貌は険しくなっていくばかりだ。

感じているようだった。男に奉仕しながら、彼女も充分に高まっている。偽物ではない発情が、密着した肉と肉から伝わってくる。

「くううっ！」

美琴は紅潮した顔をそむけると、立てていた両膝を前に倒した。そして本格的に腰を使いはじめる。今度は股間を上下にではなく、前後に動かしてきた。クイッ、クイッ、と股間をしゃくっては腰をグラインドさせ、硬くなった肉棒の感触を嚙みしめるように味わっている。次第に締まりも強まっていき、密着感があがっていく。それもおそらく、美琴が感じている証拠だ。

そのとき――。

うつ伏せで倒れていたはずの乃愛が、四つん這いで近づいてきた。セーラー服を脱いで、全裸になっていた。暑かったのだろう、ミルク色の素肌がどこもかしこもじっとりと汗ばみ、若牝の色香が匂いたつようだった。

息がかかる距離まで顔を近づけ、耳元でひそひそとささやいてきた。

「すごくよかった……」

先ほどの感想らしい。

「あたし、あんなに思いきりイカされたの初めて……恥ずかしかったけど……体中がいやらしいくらいに痙攣して、どうにかなりそうだった……」

圭一郎は騎乗位の快感に息をはずませながら、乃愛を見た。眼の下がねっとりと紅潮したその顔には、オルガスムスの余韻がまだありありと残っていた。

乃愛が美琴を見て、もう一度圭一郎を見る。

「美琴さんも、とっても気持ちよさそう……オマンコ大好きって顔で腰振ってる……しかたないですよね、宍戸さんのオチンチン、すごく硬いから……硬くて気持ちいいから……」

そうやって耳元でささやかれていると、騎乗位に集中することができなかった。肉のまぐわいより、むしろひそひそ声に興奮してしまう瞬間がある。かといって美琴のピッチもあがっていくばかりだから、相乗効果でどこまでも快感が深まり、溺れてしまいそうになる。

「ねえ、美琴さんのオマンコとあたしのオマンコ、どっちが気持ちいい？　どっちのオマンコが好きですか？」

ささやいては、口づけをねだってくる。舌と舌をからめあわせながら、指先で乳首をくすぐってくる。

圭一郎はたまらず乃愛を抱きしめた。彼女が可愛すぎたせいもあるが、美琴の腰振りが熱っぽくなっていくばかりなので、なにかにしがみつかずにはいられなくなったのだ。

キスを深めつつ、今度はこちらから乃愛の乳房を揉んでやる。小ぶりでも、女らしさは充分にある。手のひらに包みこめば、柔らかな感触にうっとりする。

美琴が切羽つまった悲鳴をあげた。その腰使いはいよいよ最高潮で、名器の密着感もすさまじくなってきた。

「美琴さんってていやらしいね？　エッチすぎるね？　あんな声あげられたら、あたしもオマンコ疼いてきちゃう。イッたばっかりなのに、ズキズキしてる……ああんっ、もう我慢できない……」

乃愛は圭一郎の腕の中を抜けだすと、上体を起こして身を翻《ひるがえ》した。驚くべきことに、圭一郎の顔をまたいできた。

顔面騎乗位である。

美琴に背中を向ける格好で、パイパンの股間を圭一郎の口にあてがってきた。本人の申告通り、彼女の花は淫らな熱気を放ち、蜜もたっぷりとしたたらせていた。圭一郎はすかさず舌を差しだして、剝きだしの花びらを舐めまわした。こういう展開は頭になかったが、やるしかなかった。

花びらの合わせ目からクリトリスに向かって舌を這わせていくと、乃愛は甲高い悲鳴を放った。一瞬にして発情を露わにし、ガクガクと腰を震わせた。

乃愛の反応にも興奮させられたが、それ以上に、ふたつの女性器を同時に責めている非日常感が、圭一郎を熱狂に駆りたてた。普通なら、あり得ない状況だった。ヌルヌルした女性器の感触に全身が包みこまれ、揉みくちゃにされていくようだった。興奮しきっているうえに口を塞がれているので、息が苦しくてしようがなかった。それでも、やめようという気にはなれなかった。次第に意識まで薄らいできたが、このまま死んでもいいとさえ思った。

「ああんっ、いやあんっ！」

乃愛が羞じらいの声で叫んだ。見上げると、後ろから両手で双乳をすくわれ、ピンク色の乳首をいじりまわされていた。

「やっ、やめて、美琴さんっ！　くりくりしないでっ……乳首をくりくりしないでええっ……」

髪を振り乱していやいやをしているわりには、乃愛は喜悦に身悶えていた。乃愛が感じやすいのか、美琴の指使いがうますぎるのか、わからなかった。そんなことはどうだってよかった。顔面騎乗位で悶える乃愛のいやらしさに、圭一郎は夢中になって舌を使った。両膝を立て、腰も動かしはじめた。いままで一方的に動いていた美琴を、下から突きあげていく。深いストロークで、子宮を押しあげてやる。

女たちが淫らに歪んだ悲鳴を振りまきはじめる。獣じみているのに艶やかな声の競演を披露して、どこまでも発情しきっていく。

「ダッ、ダメッ……もうダメッ……」

乃愛が紅潮した顔をくしゃくしゃにした。

「イッ、イッちゃうっ……あたし、またイッちゃいそうっ……」

「わたしもっ……わたしもよっ……」

美琴の声が聞こえた。

「わたしもイクから、一緒にっ……乃愛ちゃん、一緒にっ……」

女たちが絶頂に達しようとしているのに、圭一郎だけが余裕でいられるはずもなかった。そもそもこちらは、乃愛とバックでしたとき、射精寸前まで達しているのだ。

美琴を突きあげながら、男根が限界を超えて硬くなっていく。下から突きあげるこちらのリズムを、美琴が受けとめてくれる。複雑に腰を揺らして、肉と肉との摩擦感をどこまでもいやらしくしていく。

「イッ、イクッ……イッちゃいますっ……イクイクイクイクッ……」

「ああっ、すごいっ……わたしもっ……わたしも、イクウーッ！」

女たちの甲高い悲鳴が重なった。ビクビクッ、ビクビクッ、という生々しい痙攣が、上から下から襲いかかってきた。

次の瞬間、圭一郎にも限界が訪れた。顔の上に乗った乃愛のヒップを揉みくちゃにしつつ、思いきり腰を反らせて男の精を放った。

灼熱《しゃくねつ》の粘液が尿道を走り抜けるとき、雷《かみなり》に打たれたような衝撃があった。ドクンッ、ドクンッ、と男の精を美琴の中に注ぎこみながら、圭一郎は快楽にのたうちまわっていた。これほど激しい射精を果たしたのは、人生で初めてだった。男に生まれてきた悦びを、いまほどはっきりと嚙みしめたことはなかった。

第四章　運命の戯れ

1

静かだった。

ベッドの上は圭一郎ひとりで、乃愛と美琴の姿はなかった。

三人で同時に果てたあと、呼吸を整えることしかできない時間がしばらく続き、それがおさまると、

「少し休憩してもいいですか？」

と美琴がささやいてきた。

「なんだか……いまのすごかったから……シャワーを浴びて、髪や化粧も直してきます……」

よく見ると、眼の焦点が合っていなかった。意識が朦朧《もうろう》としているようだ。ひと晩

一千万、しかも３Ｐという条件に応えるべく、少し張りきりすぎてしまったのかもしれない。

乃愛が少し困った顔をしたのは、彼女も同じことを考えていたからのようだった。

「じゃあ、こうしよう……」

と圭一郎は笑顔で提案した。

このスイートルームには、ジャグジーのついた豪華なバスルームがある。浴槽も洗い場も広いから、ふたりでゆっくり入ることができる。小一時間休憩にするので、ふたりで入ってきたらどうか、と。

なにしろキャラクターが正反対なふたりなので、どちらかが尻込みするかもしれないという不安もあったが、意外なことに、眼を見合わせた乃愛と美琴は間髪入れずにうなずきあった。

揃ってオルガスムスに達したせいか、あるいは一本の男根を共有したせいかもしれない。ふたりの間には、戦友じみた絆《きずな》ができたのかもしれなかった。

圭一郎は微笑ましい気分になったが、ふたりがベッドルームから出ていくと、緊張しないわけにはいかなかった。ベッドの上には圭一郎ひとりでも、部屋にはもうひとり女がいたからである。

壁際の椅子に座った里穂子は、がっくりとうなだれていた。

かつての恋人のこれ以上ないハレンチな姿を見て、いったいどう思ったのか――訊ねてみる気にはなれなかった。そんなことより、彼女にはこちらから訊ねてみなければならないことがある。

圭一郎は全裸だったが、いまさらバスローブを羽織る気にはなれなかった。セックスでかいた汗と体液にまみれた体からは牡の匂いを強く放っているはずであり、3Pを見せつけたばかりのいまの状況が、シリアスな話に相応しいとも思えない。

だが逆に、こんな状況だからこそ、里穂子と率直な言葉を交わせるような気もした。男には賢者タイムというものがある。射精を遂げたあとの、心がもっとも平穏な状態を指す。おまけに、こんな状況では見栄を張ったってしかたがない。こちらにはもう、隠すものはなにもない。腹を割って話をするのに最適なシチュエーションだと、開き直るしかないだろう。

「金に困っているのか？」

圭一郎は上体を起こし、ベッドの上であぐらをかいた。

「そうとでも考えなければ、キミがこんな馬鹿げたオーディションに参加するわけないものな？」

「課長だって……」

懐かしい呼び方に、一瞬胸が締めつけられた。

「わたしの知っている課長は、お金の力でこんなことをする人じゃありませんでした……」

気まずい沈黙が流れた。お互いチラチラと視線を投げあったが、見つめあうことはなかった。圭一郎は気を取り直して言葉を継いだ。

「事情は聞いているだろう？　前立腺に癌が見つかったんだ。二日後には手術する。成功率の高い手術だと医者は言うが、前立腺を切れば男は勃起しなくなるんだ。もう二度とセックスができなくなる……」

あらためて口にすると、乃愛と美琴が与えてくれた興奮がにわかに冷めていくようだった。大金を注ぎこんでまで人生最後のセックスをこんなふうに演出したのは、失敗だったかもしれないと思った。乃愛と美琴が悪いわけではない。ふたりにはいくら感謝しても足りないくらいだが、あれほどの熱狂を味わってしまったせいで、セックスに未練が残りそうだった。

「まあね、べつに癌なんて見つからなくても、僕は五年前から男じゃなかったわけだが……ずっとセックスなんてしていなかった。キミに捨てられてから……」

里穂子が初めて、はっきりと顔をあげた。しかし、その表情は能面のようで、どんな感情も読みとれなかった。

「せっかくの機会だ、五年前、どうして僕の前から黙っていなくなったのか、理由を聞かせてもらえないかな？　それを言ったら、もう帰っていいよ。もちろん、約束の金は払う。三國さんに渡しておく……」

里穂子は黙っている。生気を失った暗い眼つきで、ただじっとこちらを見つめているばかりだ。

「どうなんだよ？」

焦れた圭一郎はベッドからおり、里穂子に近づいていった。女たちの匂いのする男根をさらけだしたまま、仁王立ちになって見下ろした。

「いまさらこんなことを言うのもなんだけど、僕は離婚したあと、キミと一緒になるつもりだった。結婚しようと思っていた……」

声を震わせて言ったのに、里穂子は無反応だった。さすがにカチンときた。

「いいかい？　断っておくが、今夜キミは僕に買われた身なんだ。僕がその気になれば、さっきの女たちの前でキミを犯して、恥をかかせることだってできるんだぜ。若くて綺麗でおまけにベッドテクも最高……あんな女たちの前でひいひいあえぐのは、顔から火が出そうなくらい恥ずかしいと思うけどね。女としてのプライドがボロボロになる……」

里穂子は怯えたように肩をすくめた。

「穏やかに話しているうちに、なにか言ってくれよ。昔の話だ。理由を聞いてどうこうしようってつもりはない。とにかく正直に言ってほしいだけなんだ……どうせ、離婚で身ぐるみ剝がされた中年男とは付き合いきれないと思ったんだろう？　なんでもいいけど、とにかく理由だけは知りたい……」

まだ黙っている。

「いい加減にしてくれないか……」

圭一郎は深い溜息をついた。

「そういうダンマリは相手を不快にさせるだけだって、昔上司として注意したこともあったはずだが……」

「……犯してください」

「ええっ？」

「課長がわたしのことすごく恨んでるって、三國さんから聞きました。もちろん、自分でもわかってました。ああいう形で裏切ったら恨まれるだろうって……だから、好きにしてください。女としてのプライドをボロボロにされても、わたしは文句を言いません……」

「あのねえ……」

もう一度、深い溜息をつく。

「僕が本気でそんなことをしたいと思ってるわけないだろ。突然僕の前から消えた理由を言ってくれよ。言えないなら、言えない理由を説明してくれ。なにもわからないままじゃ、死んでも死にきれない……医者は成功率の高い手術だと言ってるけど、全身麻酔の手術だよ。死んでしまう可能性だってなくはないんだ。なんの説明もしないまま、キミは僕を手術台の上に送るつもりか？」

里穂子が上目遣いで見つめてくる。その瞳からはやはり、どんな感情も読みとることができない。

愛情が通わなくなった状態というのは、こういうものかもしれないと、圭一郎は思った。里穂子はもともと口数の少ない女だったけれど、付き合っていたときはその感情の揺らぎが手に取るようにわかったものだ。それがいまや、彼女の眼をいくらのぞきこんでも、なにを考えているかさっぱりわからない。

五年という歳月を経て、彼女も変わったのだろうし、こちらも変わったのだ。すれ違い、混じりあわない線になってしまったのだ。

先ほど里穂子は、「わたしの知っている課長は、お金の力でこんなことをする人じゃありませんでした」と言っていた。その通りだった。たまたま投資が成功したせいで、なんでも金で解決しようとする俗物に成り下がってしまった。

そして里穂子は、金に釣られてこんなところにのこのこと姿を現した。かつては慎ましく、奥ゆかしく、欲望を露わにすることを恥と感じる大和撫子だった。だからこそ、圭一郎は燃えたのだ。そういう女とセックスをして、乱れさせていくことに執着していたのだ。

ふたりとも、かつての自分たちではなかった。再会など、するべきではなかったのだ。再会さえしなければ、こんなひどい気分になることもなかっただろう。おかげで、甘い記憶まで色褪《いろあ》せてしまいそうだ。

「……あくまで黙ってるなら、こっちにも考えがあるからな」

腹の底からこみあげてくる感情があった。愛情の裏返しである憎悪のようでいて、もっとドス黒いなにかだった。

黙したままの里穂子をベッドルームに残し、圭一郎はリビングに出た。冷蔵庫からビールを出し、缶のまま飲んだ。喉がカラカラに渇いていたはずなのに、うまくもなんともなく、体が嫌な感じで熱を帯びただけだった。

しばらくの間、ソファに腰をおろして考えをまとめた。里穂子はボロボロにされてもかまわないと啖呵《たんか》を切った。ならばそうしてやるのもやぶさかではなかった。問題はやり方だった。こうなった以上、ただ単に美女たちの前で犯すくらいでは、腹の虫がおさまりそうもない。

じっくりとアイデアを練った。

やがて乃愛と美琴が頬を薔薇色に染めてバスルームから出てくると、圭一郎は自分の考えた作戦を伝えた。彼女たちは若くて綺麗でセックスがうまいだけではなく、好奇心も旺盛だった。スイートルームのジャグジーに浸かり、すっかりご機嫌にもなっていたので、圭一郎の作戦をノリノリで引き受けてくれた。

2

ベッドルームに戻った。

圭一郎は全裸のままで、乃愛と美琴はバスローブに身を包んでいた。乳房や股間を隠していても色気までは隠しきれず、湯上がりに素肌を火照《ほて》らせている様子が、むしろたまらなく艶やかだった。

紺のベストに白いブラウス――オフィスでお茶をくんでいたときと同じ事務服姿でちょこんと椅子に腰かけている里穂子とは大違いだった。本当に薔薇とかすみ草くらいの差があった。乃愛と美琴の若さと美しさを際立たせるためにそこにいるような、三十路《みそじ》の地味な女……。

だが、圭一郎は彼女の本性を知っていた。

服を脱げば、里穂子の印象はガラリと変わる。性感帯をまさぐると、無表情で無口な女ではいられなくなる。発情が女としての花を開花させ、乃愛や美琴にも引けをとらない魅惑を放つ。

化けの皮を剥いでやろうと思った。

そのための作戦を、乃愛と美琴には授けてある。

「ちょっと、おねえさん……」

まずは乃愛がからんでいった。

「いつまで見学を決めこんでるつもりなんですか？　せっかくなんだから、一緒に楽しみましょうよ」

「そうですよ……」

美琴も加勢した。

「おとなしそうに見えますけど、本当はとってもエッチなんでしょう？　わたしにはわかります。そういうタイプ、ソープ嬢にもいますから。裸になっておっぱい揉まれたら、途端に眼つきが変わっちゃう女……」

ふたりに腕を取られ、立たされそうになった里穂子は、

「いえ、わたしは……あのっ……」

助けを求めるように圭一郎を見てきた。

「ふたりの言う通りにするんだ」

圭一郎は非情に言い放った。

「言っただろう？　ここにいる以上、キミはなにをされても逆らえない。嫌なら帰ればいい。簡単な話じゃないか。さっきの質問に答えれば、金だって払うとこっちは言ってるんだ」

里穂子は挑むように圭一郎を見ると、唇を真一文字に引き結んだ。どうあっても、別れた理由は言わないつもりのようだった。

それならそれでかまわなかった。圭一郎は乃愛と美琴に目配せし、作戦を進めるようにうながした。

「ほらほら、立って立って……」

乃愛が里穂子の腕を強引に引っぱり、

「やっぱりあなた、服の下にエッチな体隠してるみたいじゃない？」

美琴が後ろから抱きしめる。紺のベストをパツンパツンにしている胸を、裾野からすくいあげて揉みしだく。

「やっ、やめてくださいっ！」

里穂子はおぞましげに声をあげたが、本気で抗うことはしなかった。本気でおぞましいなら、部屋を出ていけばいいだけだからだ。

「ああっ、いやっ……やめてっ……」

身をよじる里穂子の胸を、美琴が執拗に揉みしだく。彼女の手指は白魚のように細くて美しいが、力は強そうだった。

乃愛が前にまわり、ベストのボタンをはずしていく。ブラウスのボタンもだ。さらにスカートのファスナーをさげられ、あっという間に事務服を奪われていく。下着はピンクベージュだった。里穂子らしいと圭一郎は思った。一見地味だが、光沢のある生地に高級感があり、ヒップにはさりげなくバックレースもついている。

「ああっ、お願いっ……お願いだからやめてっ……」

里穂子の哀願は虚しく宙を漂うばかりで、ストッキングとパンプスも脱がされた。ピンクベージュのブラジャーとパンティだけにされ、ふたりの女によってベッドに突き飛ばされる。力なく転がった里穂子はもう、まな板の上の鯉《こい》になるしかない。

「本当は宍戸さんのために用意したんですけどね。お風呂のお湯で温めて……」

美琴がマッサージオイルをたっぷりと手に取った。

「宍戸さんに訊いたら、あなたに使っていいって言うから、使ってあげる。一本全部……」

「あたしにも、あたしにも」

乃愛が両手を差しだし、美琴がオイルを垂らしていく。垂らしおえると、ふたりがかりで里穂子の体に塗りたくりはじめた。予約一年待ちのソープ嬢である美琴の手つきがいやらしいのはある意味当然だったが、乃愛も眼を爛々《らんらん》と輝かせて里穂子の体にオイルを塗っていく。彼女は美少女であるが、小悪魔でもあった。こういう刺激的なシチュエーションが、楽しくてたまらないらしい。

いやいやと身をよじる里穂子の体がオイルまみれにされるまで、時間はかからなかった。瞬く間に、白い素肌がオイルの光沢に包まれていった。いやらしい光景だった。乳房はブラジャーに隠されているものの、下着姿ともなれば里穂子がむちむちした肉感的なボディの持ち主であることは暴かれている。その体が美女ふたりによってオイルまみれにされていくのだから、見ているだけで口内に唾液があふれてくる。

「どうです？　気持ちいいでしょう？」

息のかかる距離まで顔を近づけて、美琴が里穂子にささやく。ささやきながら、太腿の上で手のひらを這わせている。

「わたしはいつも、これで男の人を骨抜きにしてるんです。女にするのは初めてですけど、たぶんあなたも骨抜きです。だって、男の人より女のほうが、肌が敏感ですものね……」

「それにしても、エッチな体ね……」

美琴の反対側から、乃愛が里穂子に身を寄せていく。

「壁際の椅子に座っていたときは地味なおばさんに見えたのに……こんなにグラマーだったなんて……おっぱいもお尻も大きいのに、腰が蜂みたいにくびれてるじゃないですか」

乃愛はすっかり、オイルでの愛撫に夢中になっている。美琴より熱っぽい手つきで、くびれた腰を撫でまわし、臍の中に指を入れたりしている。

「やめてっ……やめてくださいっ……」

里穂子は泣きそうな顔になっているが、本気の抵抗はできない。この部屋に留まる以上、されるがままになっているしかない。

やがて里穂子を両サイドから挟んでいる乃愛と美琴は、彼女の両脚をM字に割りひろげていった。衝撃的な光景に、圭一郎は瞬きと呼吸を忘れた。乃愛も美琴もまだバスローブを着たままで、湯上がりの色香を漂わせている。その姿はセクシーであり、エロティックでもあるが、絵になる美しさをたたえている。

一方の里穂子は、セクシーというにはいま一歩なピンクベージュの下着姿で、蛙が引っくり返ったような格好にされているのだ。女として、劣等感を覚えていないわけがなかった。しかも、相手は年下で、二十歳そこそこの若さなのである。自分が里穂子なら、あまりのみじめさに涙を流しているだろうと圭一郎は思った。

現に里穂子は、いまにも泣きだしそうな顔をしている。美琴がオイルのすべりを利用して、ブラジャーの中に手指を忍びこませていく。乃愛は敏感な内腿をくすぐっている。里穂子は泣きそうになりながらも、息をつめたり、頬をこわばらせたり、表情が定まらない。

乃愛と里穂子は、的確に女体を刺激しているはずだった。レズビアンの経験はないらしいが、自分の感じることをすればいいのだから、的確でないはずがない。

ブラジャーの中に手指を忍びこまされて息をつめている里穂子は、あきらかに興奮の前段階にいた。内腿をくすぐっている乃愛の手指が股間に近づくたび、頬をひきつらせるのもその証拠だ。

「ねえ、おっぱい見てもいい？」

ささやく美琴の眼はトロンとして、けれども妖《あや》しく輝いている。この変則的なレズビアンプレイに乗ってきているらしい。

里穂子はいやいやと首を振ったが、簡単に背中のホックをはずされた。さらにカップをめくられて、たわわに実った双乳が揺れはずんだ。

「うわっ、巨乳っ！」

カップをめくった美琴より早く、乃愛が声をあげて手を伸ばしていく。あお向けになっているのに小玉スイカのように丸々としている乳房を、オイルでヌルヌルになった手でまさぐっていく。美琴もすぐに参戦した。手のひらにたっぷりとオイルを追加してから……。

里穂子が悲鳴をあげてのたうちまわる。乃愛の手つきは意地悪で、裾野にぐいぐいと指を食いこませては乳量をくるくるとなぞりたてる。中心で物欲しげに突起している乳首には、なかなか触れようとしない。

反対に美琴は、乳首だけを責めていく。フルスピードのワイパーなような動きで指を左右に振りたて、突起を嬲《なぶ》る。ごく軽いタッチなのが見るからにいやらしく、里穂子は歯を食いしばりながらみるみる顔を赤くしていくしかない。

ふたりの愛撫は執拗だった。まるで乳房への愛撫だけでイカせようとしているかのように、時にねちっこく、時にスピーディに、緩急をつけた愛撫で里穂子を追いこんでいった。

里穂子は必死に歯を食いしばって感じるのをこらえていたが、無駄な抵抗にしか見えなかった。やがて紅潮した顔に汗の粒が浮かび、オイルを塗られた体と同じくらい、妖しい光沢を放ちはじめた。

3

「たっ、助けてっ……助けてくださいっ……」

里穂子がすがるような眼をこちらに向けてきたので、

「助けるもなにも……」

圭一郎は苦笑した。

「僕が彼女たちに頼んでやってもらってるんだ。助けようがない」

「そうなんですよぅ」

乃愛がパンティのフロント部分をつまみ、空間を空けると、美琴が阿吽の呼吸でパンティの中にオイルを垂らしていった。

「あなたが素直になるように協力してほしいってね、わたしたち、宍戸さんに頼まれちゃったんですからぁ」

「ほーら、これであそこがヌルヌル……」

中をオイルまみれにしておいて、美琴はパンティの上から割れ目を指でなぞりはじめた。里穂子の顔がひきつる。パンティの中で粘っこい音がしている。

「ねえ、美琴さん。あたし、なんだか暑くなってきちゃった」

「ふふっ、わたしも……」

ふたりは眼を見合わせて微笑みあうと、バスローブを脱いだ。タイプこそ違えど、どちらもセックスをするために生まれてきたような体をしていた。それを里穂子に見せつけながら、みずからオイルを塗りたくっていく。白い肢体に妖しい光沢をまとわせて、両サイドから里穂子を挟みこむ。

「羨ましいな、この巨乳」

乃愛が自分の乳房を、里穂子の乳房に寄せていく。突起した乳首を、突起した乳首でくすぐりまわす。

「あたしにこれだけおっきなおっぱいがあったら、絶対アイドルでデビューできたのになぁ」

「巨乳なだけじゃなくて、全身むちむちよね」

ソープランドで泡踊りをするように体をこすりつけていく美琴は、まさに水を得た魚だった。

「女のわたしでも興奮するもの。これだけグラマーなボディだと」

里穂子はおぞましげに眼尻を垂らしているが、両脚を閉じることさえできない。乃愛と美琴が脚をからませ、M字開脚をキープしている。

やがて、上半身をヌルヌルとこすりつけながら、ふたりはパンティに隠された部分を責めはじめた。パンティの上から指でつついたり、なぞったりして、波状攻撃を仕掛けていく。

「ねえ、乃愛ちゃん」

「なんですかぁ？」

「あなた、オナニーは指派？　オモチャ派？」

「指ですよぉ。オモチャはちょっとまだ早いかなって」

「わたしも指」

「ええっ？　美琴さん、オナニーなんかするんですか？」

ソープ嬢のくせに？　と乃愛の顔には書いてあったが、それを口にするほど愚かではないようだった。

「するわよ。しないと眠れないもの」

「じゃあ毎日……」

「その日のお客さんをね、思いだしながらひとりで思いきりイクのが日課」

「ってことは、指使いもすごいんでしょうね？」

「どうかしら？　人にするのは初めてだから……」

美琴の手指がパンティの中にすべりこんでいきそうになり、里穂子の顔が限界までひきつった。フェイントだった。焦りまくっている里穂子の顔を見て、乃愛と美琴が笑う。ふたりとも、笑顔がだんだんサディスティックに輝きはじめている。

「いじってほしいんですか？」

美琴が里穂子の耳元で、わざとらしく声をひそめた。

「わたし、たぶんオマンコいじるのうまいですよ。毎日、自分のオマンコいじってるんですから」

「あたしも」

反対側の耳で、乃愛がささやく。

「オマンコいじるのは自信あります。興奮してヌルヌルになってくると、クリを指でつまむんですよねー。うまくつまめないのがまた、たまらないというか、せつなくなってきちゃうというか……」

ふたりがかりで責められている里穂子は、もはやすっかり発情しきっていた。おぞましげな顔をしていても、圭一郎にはわかった。瞳は潤みきっているし、小鼻が赤くなっている。ハアハアとはずませている吐息は、まるで桃色に染まっているかのように淫らがましい。

美琴がぎゅうっとパンティのフロント部分を股間に食いこませると、悲鳴をあげて海老のように体を反らせた。もはや絶頂さえ、すぐ近くまで迫っているようだった。

乃愛と美琴はさすがとしか言いようがない。

そして一方の里穂子は、たまらなくみじめだ。まだパンティも脱がされていないのに、イキそうになっているなんていやらしすぎる。しかも、相手は同性だ。禁断の愛撫でもてあそばれているのに、快楽の海に溺れていきそうになっているのだ。

クイッ、クイッ、と美琴はリズミカルにパンティを股間に食いこませている。割れ目の形が浮かびあがってきそうな薄布の上から、乃愛が刺激を送りこむ。爪を使って、割れ目をなぞりたてている。パンティの中はきっと、先ほど垂らされたオイルを流す勢いで、発情の蜜があふれていることだろう。

「いっ、いやっ……」

　里穂子が激しく首を振った。表情に変化があった。もはやおぞましさを訴えることはなく、その顔には羞《は》じらいばかりが浮かんでいる。このまま愛撫が続けばどうなるのか、想像がついたのだろう。イカされれば赤っ恥をかくとわかっていても、刺激の虜《とりこ》になっているのだろう。

「やだあ、おねえさんイキそうなんですか？」

　乃愛がサディスティックに眼を輝かせる。

「太腿がすごいプルプルしてますよ。まだパンツも穿いたままなのに、イッちゃうんですかあー？」

「オマンコ熱くてしようがないんですよね？」

　クイッ、クイッ、と美琴の手は休むことなくパンティを引っぱっている。

「女同士だからよくわかりますよ。でも、イキそうならイキそうって、ちゃんと言ってくださいね。こんな無粋なやり方じゃなくて、オマンコ直接触ってあげますから。ヌルヌルのぐしょぐしょになってるオマンコに中にね、指を突っこんで思いきり掻《か》き混ぜてあげますから……」

　里穂子は酸欠の金魚のように口をパクパクさせながら、美琴を見つめる。いくら口を動かしても、声も言葉も出てこない。イキそうになっているのは間違いなかった。こんな屈辱的なやり方なのに……。

圭一郎は全身が熱くなっていくのを感じていた。まるで、体中の血液が沸騰しているようだった。椅子に座って悠然と眺めていればいいものを、仁王立ちになったまま動けなかった。股間で隆々と反り返った男根だけが、釣りあげられたばかりの魚のようにビクビクと跳ねていた。

いやらしい女だ——胸底で吐き捨てる。

おとなしそうな顔をしているくせに、ひとたび裸になればドスケベで、淫らで、好き者で、どうしようもない女だった。

しかし……。

そういう女にしてしまったのは誰でもなく、圭一郎に他ならなかった。その絶対的な事実が、心を千々に乱して目頭さえ熱くなってきそうだ。

自分にさえ出会わなければ、里穂子はここまでいやらしい女に成り下がることはなかっただろう。かつての不倫相手の前で、年下の同性ふたりに責められてイキそうになっているような、恥知らずな女にはならなかったはずだ。

頭の中で、時間が巻き戻っていく——。

圭一郎が里穂子と出会ったのは、八年前のことだ。課長になったばかりの中年男と、新入社員だった。

男女の関係になったのはその一年後、いまから七年前のことになる。

圭一郎が四十三歳で、里穂子は二十三歳。年の差が二十もあり、おまけに圭一郎は結婚していた。

結ばれるはずのないふたりだった。普通なら、単なる上司と部下の関係で終わっていただろう……。

4

七年前の冬の話だ。

年の瀬が迫っている中、課の人間がふたりばかりインフルエンザで倒れた。どちらも一週間の出社禁止を医者から厳命され、その不在を埋めるため、残った人間はてんやわんやで仕事を片付けていかなければならなかった。

残業の日々が続いた。

怒濤の一週間が過ぎ、なんとかこれで目処《めど》が立った、とひと息ついたとき、オフィスに残っていたのは圭一郎と里穂子だけだった。単なる偶然だが、それが運命を大きく動かした。時刻は午後十時過ぎで、昼食も食べられなかった圭一郎は空腹で眩暈《めまい》を起こしそうだった。

「今日はこのへんにしておこう」

里穂子に声をかけ、帰り支度をしながら、なにを食べようか考えた。この一週間、大車輪で頑張ったご褒美がラーメンや牛丼ではさすがに淋しい。週末の金曜日でもあることだし、いつもよりちょっと贅沢な小料理屋で一杯やろうと決めると、里穂子にも声をかけた。

「もしよかったらだけど、夕食ご馳走しようか？」

八割方、断られると思った。里穂子は課内の飲み会にも滅多に参加しないし、一対一だ。だからと言って、誘いの声もかけないのは失礼だと思った。一般職の彼女に連日残業させてしまい、罪悪感もあった。

ところが意外にも、

「いいんですか？」

と、すんなり誘いを受けた。小料理屋の奥にあるテーブル席で向かいあいながら、不思議な気分になったことをよく覚えている。

里穂子は酒を頼まず、焼き魚定食だか煮魚定食を、ものすごく時間をかけて食べていた。時折、なにか言いたげにこちらを見てきたが、圭一郎が視線を向けると、すぐに下を向いた。

元来無口な彼女だから、会話がはずむことなど期待していなかった。圭一郎はマイペースで飲んだ。冬とはいえ、生ビールがたまらなく染みた。酒がまわると次第に気分がよくなって、舌の動きもなめらかになった。

「もうすぐクリスマスだけど、デートの約束でもしてるのかな？」

仕事が一段落し、気の緩みもあったのだろう。普段なら絶対に口にしない、セクハラじみた軽口を言ってしまった。

里穂子の顔色が変わった。箸を置いたときには、怒って帰ってしまいそうな雰囲気だったので、圭一郎はうろたえた。つい数カ月前、同期がセクハラで地方に飛ばされたばかりだった。

しかし彼女は帰らず、手をあげて店員を呼び、酒を頼んだ。口当たりのいい梅酒や酎ハイではなく冷酒だったので、圭一郎はますますうろたえた。地雷を踏んでしまったのは間違いなく、生ビール三杯分の酔いが一気に覚めた。手厳しく糾弾されることを覚悟した。

里穂子はすさまじいピッチで一本目の冷酒を開け、二本目も半分ほど飲んでから、ようやく口を開いた。

「……いじめですか？」

眼が据わっていた。

「わたしがモテないことを知ってて、課長、わざと言いましたね？　クリスマスでデート？　そんな約束あるわけないじゃないですか」

「いっ、いや、すまない……ちょっと口がすべっただけさ」

「べつにいいです。わたし、課長のこと好きですから。でも、口をすべらせた責任はとってほしいです」

「……責任って？」

「どうすればモテるようになるか、一緒に考えてください」

「いっ、いやあ……」

圭一郎は泣き笑いのような顔になった。酒の席でそんな話をすれば、いずれ二個目の地雷を踏んでしまうだろう。それだけは避けたかった。

「地味な女って思ってますよね？」

首を横に振った。

「会話をしてもつまらなそうとか？」

とにかく首を横に振るしかない。

「付き合いは悪いし、いつもコソコソしているし、女子っぽい華やぎもなければ、色気なんて皆無……」

「ちょっと待てよ。なんでそう自虐的なんだ。まだそんなに飲んでないだろ？」

冷酒の瓶を見ると、二本目がすでに空いていた。唖然とする圭一郎を尻目に、里穂子は手をあげて三本目を注文した。

「そんなにあわてて飲むんじゃない。話ならじっくり聞いてあげるから。な、僕も一緒に冷酒をいただこう……」

あらためて乾杯しても、里穂子の眼は据わったままだった。だいたい、無口な彼女がこんなにしゃべるのを初めて聞いた。

「理由はわかってるんです……」

里穂子がうつむいてボソッと言う。

「自分がモテない理由……」

「だからさ、そんなことあんまり深刻に考えるなって。僕だってモテなかったよ。それはそれは淋しい青春時代だったさ……」

「わたしの話をしてるんです」

「いや、もう……まいったな……」

酒でも飲むしかなかった。もしかして大虎なのか？　と里穂子の豹変ぶりに度肝を抜かれつつ、四本目の冷酒は圭一郎が注文した。

「どうしてだと思います？」

「えっ？」

「わたしがモテない理由ですよ」

首をかしげるしかなかった。

「知りたいですか？」

「いや、べつに……」

「いじめみたいなこと言った責任は……」

「わかったよ。聞かせてくれよ」

「知れば知ったで、また新たな責任が生じますが……」

「いいから言ってごらん」

圭一郎は笑いがこみあげてきそうになるのを必死にこらえていた。まったく面倒くさい女だ、と思った。しかし、その面倒くささに、人間らしさを感じたのだ。上司と部下として働いて一年、地味で目立たないながらも、彼女が心根のやさしい、よく気がつくタイプであることはわかっていた。

しかし、深い話をしたことはなかった。セクハラっぽくなりそうな危険な話題ではあるものの、部下と腹を割って話すことが嫌いな上司はいない。

「耳貸してもらっていいですか？」

圭一郎がうなずいて耳を向けると、里穂子は身を乗りだし、口を手で覆いながらそっとささやいてきた。

「わたし、処女なんです」

心臓がとまるかと思った。里穂子の告白は続いた。

「課長、もらってください。処女じゃなくなれば、わたしももう少し、モテるようになれると思うんです……」

里穂子は耳打ちをやめ、席に座り直した。圭一郎はどういう顔をしていいかわからなかった。二十三歳で処女——いまどきの子にしては奥手のような気もするが、それはとりあえず置いておく。問題は「もらってください」のほうだ。

「お願いします！」

里穂子は顔の前で拝むように両手を合わせた。

「こんなこと、他に頼める人いないんです」

そう言われても、うなずくことなどできるわけなかった。こちらは既婚者だし、彼女は部下なのだ。かと言って、無下に断れば彼女を傷つけてしまいそうだった。どうやら、上司としての器《うつわ》が試されている正念場らしい。

「キミは酔っている」

「酔わなきゃこんなこと頼めません」

「いや、僕の経験上、酔った勢いでなにかを決断すると、たいていしくじる……」

里穂子は反論しようとしたが、手をあげて制した。

「キミは自己評価がとても低いみたいだけど、僕から見れば魅力的だよ。人の嫌がることを率先してやってる真面目な社員だって、きちんと評価している。人間の価値っていうのは、見てくれなんかよりそういうところにあるわけで……」

「見てくれが悪いって言われてるみたい」

「そうじゃない。見てくれだっていいほうさ」

里穂子は訝《いぶか》しげに眉をひそめながら、もう一度圭一郎の耳に唇を寄せてきた。

「わたしを女にしてください……」

「だから、酔っ払いの戯《ざ》れ言《ごと》には付き合えないって言ってるだろ」

きっぱりと言い放つと、里穂子は眼尻を垂らして唇を尖らせた。親に叱られた少女のように、恨みがましい眼を向けてきた。

「課長って嘘つきですね。わたしに魅力なんて感じてないくせに……」

「いじけるなよ」

圭一郎は思わず身を乗りだしてしまった。

「そうやっていじけるのはよくない。じゃあ、こうしよう。土日にじっくりと考えて、月曜日になっても気が変わらなかったら、仕事のあとこの店で待っててくれ。酒なんか飲むなよ。素面《しらふ》でだ。でも、もし気が変わったら来なくていい。その場合、お互いに全部忘れよう。いま話したことを全部……いいね、それで」

もちろん、たとえ月曜日に彼女が待っていても、抱くつもりなどなかった。二十三歳の女に抱いてほしいと言い寄られ、浮き足立たない自分が不思議なくらいだったが、既婚者であるとか、上司と部下であることの他に、処女とセックスしたことがないという理由もあった。

どうやって扱っていいかわからなかったし、破瓜《はか》の痛みは尋常ではないと聞く。そもそも、男として責任がとれない相手の処女を奪っていいかという問題もあった。はっきり言って、重たかったのである。

だが……。

月曜日の終業後、小料理屋に行ってみると里穂子は待っていた。テーブルに置いてあるオレンジジュースのグラスをじっと見つめ、圭一郎に気づくと急に背筋を伸ばし、ひきつった笑顔で手を振ってきた。

いつもと装いの雰囲気が違った。ぴったりした白いニット、首にはカラフルなスカーフを巻き、チェックのスカートは太腿も露わなミニ丈で、膝下まであるロングブーツを合わせていた。

正直に言えば、あまり似合っていなかった。それはスレンダーな女に相応しいコーディネイトであり、里穂子はとびきりのグラマーなのだ。

とはいえ、精いっぱいおしゃれをしてきたんだなと思うと、そのいじましさに胸が熱くなっていくのをどうすることもできなかった。モテないことをそんなに深刻に考えるな、と圭一郎は里穂子に言った。間違っていたのかもしれないと反省した。

圭一郎もまた、モテない青春時代を送ってきた。相手から言い寄られたことなど一度もなく、告白してはフラれていた。眠れない夜、自分はこのまま一生童貞ではないか、と考えたときの凍えるような絶望感をいまでも忘れることができない。

歳や性別は違えど、似たもの同士、ということになるのだろうか……。

おかげで、最後まで理性的な人間でいることができなかった。処女の相手をするなんて重い、という気分も、里穂子にすがるような眼で見つめられているうちにどこかに霧散していった。

もしかすると、同情に近い感情だったのかもしれない。欲望ではなく、ましてや愛やら恋やらでもなく、里穂子が処女を捨てたいと願っているなら、協力してやればいいではないかと思ってしまったのである。

5

圭一郎の家庭は共働きで子供のいないDINKS《ディンクス》だったから、同世代のサラリーマンに比べ、懐に多少の余裕があった。

ロスト・ヴァージンの場所がラブホテルというのも気の毒に思い、夜景の見える高層ホテルまでは無理だったが、新宿にあるミドルクラスのシティホテルにエスコートした。

「この前はすみませんでした……」

部屋に入るなり、里穂子は後ろから抱きついてきた。

「でも、酔った勢いとかじゃないですから。早く処女を捨てたいっていうのはずっと前から思ってたことだし、相手は課長みたいな……紳士的な大人の男の人がいいなっていうのも……」

すがりついてくる手から、小刻みな震えが伝わってきた。いや、震えていたのは圭一郎のほうだったのかもしれない。ここまで来て逡巡したらかえって相手に申し訳ないと思いつつ、いままで経験したことのない緊張感に全身がこわばり、尻込みしてしまいそうだった。

里穂子が手を離した。振り返ると服を脱ぎはじめていた。滑稽なほどあわててコートを脱ぎ、スカーフを取って、ニットを頭から抜いた。白いブラジャーが露わになり、やたらと大きなサイズのカップが、薄闇の中で月のように冴えざえと輝いたことをよく覚えている。

里穂子はそのまま、ミニスカートも脚から抜いた。彼女の目論見は、一気呵成《いっきかせい》に純白の下着姿になり、尻込みしている圭一郎をその気にさせようというものだったに違いない。

しかし、慣れないおしゃれなどしてきたものだから、ブーツを脱ぐ前にスカートをおろしてしまった。「やだ、やだ」と彼女はひどく焦って、ブーツの紐をほどこうとしたが、焦っているのでなかなかほどけない。

グラマーなボディは予想通りに悩殺的だったものの、パンティストッキングとブーツを着けたままでは、いかにも情けない姿になってしまう。股間を縦に割るパンストのセンターシームが不細工で、女の楽屋裏感が漂っている……。

圭一郎は笑えなかった。

自分も童貞を捨てたとき、彼女と同じように、いや、おそらく彼女以上に恥をかいた。誰だってセックスは恥をかきながら覚えていくものであり、そのとば口に立っている二十三歳を、笑うことなどできるはずがなかった。

「落ち着きなさい」

里穂子の頭を撫でてやると、いまにも泣きだしそうな上目遣いを向けてきた。自分の失敗に、ショックを受けている。自己評価がきわめて低い彼女も、スタイルには多少の自信があったのかもしれない。胸は大きいし、腰はくびれている。それを見せつけるために急いで下着姿になろうとしたのに、下半身がパンストにブーツでは台無しだ、と思っていそうだった。

「そのままでいいから」

圭一郎はコートとスーツの上着を脱いだ。ネクタイをはずし、ワイシャツの第一ボタンをはずしてから、里穂子の手を取ってベッドに横になった。

里穂子にはもう、部屋に入るなり抱きついてきた勢いはなかった。薄化粧をした顔に不安だけを浮かべて、眼を泳がせていた。

二の腕に触れると、ビクンとした。

「あの、あたし……」

なにか言いかけた唇に、人差し指を立ててやった。あとで確かめてみたところ、セックスどころかキスも初めてだと言いたかったらしいが、そんなことはどうだってよかった。もう言葉はいらないと眼顔で伝えつつ、圭一郎は二の腕を撫でていた手のひらを胸の隆起に這わせていった。

ブラジャーのカップは、間近で見ても驚くほど大きかった。白地にレースやフリルがたくさんついていたが、大きすぎて可愛くないと思ってしまったくらいだ。しかも、サイズに比例して作りがかなり堅固なようで、カップの上から撫でまわしても隆起の大きさしか伝わってこなかった。

背中のホックをはずした。カップをめくると、たわわに実った生身の乳房が姿を現し、圭一郎の思考回路はショートした。見たこともないほどの巨乳に興奮しきって、気がつけば里穂子に馬乗りになり、両手でこねるように揉みしだいていた。

考えてみれば、セックスをするのは実に久しぶりだったのだ。結婚八年になる妻とはほとんどセックスレスで、年に二、三度もすればいいほうだった。その時点で、三、四カ月は女体に触れていなかったはずだ。

四十代半ば近くになり、もうセックスは卒業してもかまわないとさえ思っていた圭一郎の本能を、二十三歳の巨乳は蘇らせた。夢中になって柔らかな乳肉を揉みしだき、乳首を舐めまわしては吸いたてた。

とはいえ、相手は処女だった。急に獣性を露わにした中年男に怯えきって、紅潮した頬をひきつらせていた。それでも、性感帯を刺激されれば感じるらしく、次第に呼吸が荒くなっていった。乳首を吸うとぎゅっと眼をつぶったが、次に薄眼を開けたときには、瞳がねっとりと濡れていた。

処女だからといってまったく感じないわけではない――手応えを感じた圭一郎は、再び彼女の横から身を寄せる体勢になり、唇を重ねた。おずおずと差しだされた舌を、ねちっこく舐めまわした。我ながら中年男丸出しのスケベなキスだと思ったが、中年男なのだからしかたがなかった。

一方、里穂子のキスはたまらなく初々しかった。なめらかな舌の舐め心地もそうなら、ぎこちない動きもとびきり新鮮で、はずむ吐息が甘酸っぱい匂いさえ放っていそうだった。

圭一郎はキスを続けつつ、彼女の下半身に右手を這わせていった。手のひらが太腿に届くと里穂子は身をすくめ、上を向いている双乳がプルンと揺れた。

かまわず舌をからめあわせ、下半身を撫でまわした。肉づきのいい太腿を包んでいる、ストッキングの感触がいやらしかった。むっちりした腿肉とざらついたナイロンのハーモニーに、うっとりしてしまった。

驚いたのは、股間の上に手のひらをかざした瞬間、熱気を感じたことだった。あきらかに放熱していた。湿り気のある妖しい熱気が女体の興奮を伝えてきて、圭一郎は鼓動を乱した。

中指で恥丘を撫でた。怯える里穂子をキスでなだめつつ、じりじりと下まで指を這わせていく。パンストの上からでも、濡らしていることがはっきりわかった。処女でも興奮し、あそこを濡らすのかと、当たり前のことに感心した。濡らさなかったら結合できないのに、処女が濡らしているのが、ひどく特別な事態に感じられた。

上体を起こし、里穂子の下半身の方に移動した。こうなってみると、ブーツにパンスト姿の彼女が、たまらなく卑猥に見えた。女の楽屋裏感は漂っているものの、そのぶん生々しい色香を感じる。里穂子はブーツを脱がせてもらえると期待していたようだったが、圭一郎はその期待には応えず、そのままの姿で両脚をM字に割りひろげていった。

里穂子が羞じらいの声をあげ、両手で顔を隠した。隠すべきは無残にひろげられた両脚の間のような気がしたが、男心をくすぐるリアクションだった。彼女はいま、顔から火が出そうになるくらい恥ずかしい思いをしているのだ。生まれて初めて、男女の営みの舞台に立って……。

圭一郎は彼女の股間に顔を近づけていった。パンストのセンターシームを鼻の頭でなぞると、こんもりと盛りあがった恥丘のカーブに陶然となった。妖しい熱気も感じていた。それ以上に、強い匂いが鼻についた。

処女は非処女より匂いが強いという話を聞いたことがあった。男に陰部の匂いを嗅がれた経験がなく、そもそもいじりまわすことに抵抗があるので、入浴時それほど丁寧に洗わないらしい。

パンスト越しに漂ってくる里穂子の匂いは、その説を立証するのに充分なほど強烈だった。発酵しすぎたチーズのようでいて、磯くささも混じっている。とにかくいままで嗅いだことのないものだったから、パンスト越しに鼻の頭で恥丘をなぞっているだけで、くらくらしてきた。

決していい匂いではなかった。しかしどうやら、男の本能に直接響くフェロモンのようで、嗅ぐほどに圭一郎は、自分でも怖くなるほど興奮していった。

里穂子に確認することなく、ビリビリとストッキングを破ってしまったのも、そのせいだろう。とにかく処女のフェロモンの源泉に近づきたくて、彼女がいやいやと身をよじっているのもおかまいなしに、白いパンティのフロント部分を、乱暴に片側に搔き寄せていった。

目の前に、里穂子の花が咲いた。おとなしげな顔からは想像もつかないくらい、黒々とした繊毛に覆われていた。そのせいで、一瞬グロテスクさに気圧されてしまったくらいだった。

しかし、黒い繊毛の向こうでヌラヌラと濡れ光っているアーモンドピンクの花びらもまた、男の本能を揺さぶってきた。顔を近づけていくと、強い匂いにまたもや眩暈を覚えた。舌を差しだして、舐めあげた。匂いが強い里穂子の花は、味もたまらなく濃厚だった。

ねろり、ねろり、と舐めあげるほどに、里穂子はジタバタと身をよじった。もう耐えられないとばかりに両手を伸ばしてきたので、圭一郎はそれをつかんで押さえ、しつこく花びらを舐めつづけた。

いちおう、遠慮はしていた。穴に舌を差しこんだり、敏感なクリトリスは刺激することはせず、花びらの表面だけを舐めまわした。性感帯を男に刺激されることに、慣れさせなければならないと思った。

そのやり方は間違っていなかったようで、里穂子の抵抗は次第に薄まり、口から放たれる声に艶が出てきた。

あきらかに感じていた。そういう手応えがたしかにあった。ひとつは声だし、ひとつは発情の蜜だった。舌を這わせるほどに、奥から新鮮な蜜をあふれさせ、舌のすべりがどこまでもなめらかになっていった。

そして表情だ。真っ赤になった顔を苦しげに歪めているのだが、きりきりと寄せた眉根のあたりに女らしい色香が漂っていた。半開きになった唇の震わせ方にも、ただ羞じらっていたときとは違う、セクシーな雰囲気がにじんでいた。

誘われている、と思った。無意識に決まっているが、里穂子は男を誘っていた。女の本能が、男根で貫かれることを求めていた。錯覚とは思えなかった。彼女はたしかに、セックスを経験し、大人の女になりたがっていたのだ。

ならば、と圭一郎も本能のままに振る舞うことにした。服を脱いで全裸になり、里穂子の両脚の間に腰をすべりこませていった。彼女はまだパンストを着けたままだった。ブーツも履いたままだった。

かまいやしなかった。パンティのフロント部分をしっかり片側に搔き寄せれば、結合することはできる。いきり勃《た》つ男根で挑みかかっていき、純潔の処女地にむりむりと侵入していった。最初こそ入れるのに手間取ったが、途中からは一気に貫けた。男根を三分の二ほど挿入したとき、奪った、という実感がたしかにあった。堅い関門を突破したような……。

処女を奪ったのだ。

二十三歳の生娘《きむすめ》を大人の女にしたのである。

里穂子は破瓜の痛みに泣きわめいていた。真っ赤な顔で涙を流し、嗚咽《おえつ》をもらしながらしがみついてきた。それでも決して、やめてとは言わなかった。その覚悟に、圭一郎は応えた。

なるべく早く終わりにしてやろうと、ピストン運動に集中した。処女膜をズタズタにしている罪悪感に苛《さいな》まれながらも、異様な興奮状態に陥っていた。里穂子を女にしているという事実に起因する、満足感なのか、征服感なのか、たとえようもないほどの激しい感情の揺れを覚え、次第に我を忘れていった。

頼まれて処女を奪ったことなんて、すっかり忘れていた。自分の腕の中で子供のように泣きわめいている女が、愛おしくてしようがなかった。同情なんて少しも感じることなく、ただ運命に従っているだけだと思った。一打一打深いストロークを打ちこみながら、里穂子を愛している、とはっきりと感じていた。愛しているから処女を奪ったのだと確信しながら、射精に向かって全速力で駆けだしていった。

第五章　愛していると言ってくれ

1

ロスト・ヴァージンを遂げたあと、里穂子は妙にヘラヘラと笑っていた。

顔は涙でぐしゃぐしゃなのに、バスルームに行くときも、戻ってきてからも、服を着けてホテルを出て、師走の冷たい風に震えながらも、まだ笑っていた。

なにしろ普段は無表情なので、少し気味が悪かったが、圭一郎は見逃してやることにした。

大人の女になれたことが、よほど嬉しいのだろう。

ただ……。

里穂子とは反対に、圭一郎の気分は沈んでいくばかりだった。彼女が処女を捨てた目的は、モテる女になるためだったことを思いだしたからだった。二十三歳の健康な女子なら、少しもおかしなことではなかった。なんなら応援してやりたいくらいだったが、彼女の処女を奪ったときの心境を思えば、落ちこむしかなかった。

あのときの気持ちに嘘はなかった。愛していると思ってしまったが、里穂子に伝えるつもりはなかった。自分の胸内だけに秘めておくしかない。既婚者でありながら、二十も年下の部下に愛をささやく人間の屑にはなりたくなかった。

「課長……」

夜風に髪を乱されながら、里穂子が苦笑まじりに声をかけてきた。

「なんかすごく……脚がガクガクしてて、歩きにくいんですけど……」

駅までは、まだ少し距離があった。普通に歩いて十分くらいか。

「お茶でも飲んで休むかい？」

「そうじゃなくて、腕につかまってもいいですか？」

「……いいよ、べつに」

圭一郎はあたりを見渡してから了解した。それほど人通りがある道ではなかったので、知りあいとばったり顔を合わせる心配はなさそうだった。

「ありがとうございます」

腕にしがみつきながら、里穂子は言った。体を支えてもらっていることについてだけ、礼を言ったわけではないようだった。

「このご恩は一生忘れませんから……」

圭一郎は言葉を返せなかった。ロスト・ヴァージンを簡単に忘れられるはずがないし、忘れてほしくないような気もしたが、それを口には出せなかった。

こちらは忘れてしまわなければならない、と思っていたからだ。忘れることができなければ、仕事中、あるいは自宅で妻といるときも、気まずい時間を過ごすことになるだろう。

「無理なお願いきいてもらったんで、わたしもなにかお返しがしたいです」

圭一郎の腕にしがみつきながら、里穂子は歌うように言った。

「課長のお願い、なんでも一個きいてあげます……あ、ごめんなさい。あげますなんて言い方は失礼ですね。どんなことでも、無条件で快諾させていただきます」

「いいさ、そんなこと……」

圭一郎は笑い飛ばしたが、彼女と別れて自宅に帰ってからも、翌日職場に行ってからも、里穂子の「どんなことでも」という言葉が、耳底にこびりついて離れなかった。

それから数日間にわたって、そのことばかりを考えている自分がいた。

それはまさしく、悪魔のささやきだった。里穂子が悪魔なわけではない。彼女に他意などあるわけなかったが、それを利用しようとしている圭一郎の中に、悪魔が棲んでいたのだった。

もちろん、葛藤した。二十も年下の部下と、これ以上プライヴェートで関わるべきではないと、頭では充分に理解していた。処女を奪っただけで満足すべきだった。それだけでも、貴重な経験をさせてもらったのだから……。

無理だった。

一週間が経っても悪魔のささやきからは逃れられず、「どんなことでも」という里穂子の声は、耳底で大きくなっていくばかりだった。

終業後、カフェに里穂子を呼びだした。

「僕の言うことを、ひとつきいてもらえる約束だったよね？」

「はい」

どういうわけか、里穂子はとても嬉しそうな笑顔でうなずいた。

「どんなことでも？」

「はい。どんなことでも」

「じゃあ、僕と付き合ってくれ」

さすがに里穂子は驚いたようだった。眼を真ん丸に見開いて、しばらくの間、凍りついたように固まっていた。

「恋とか愛とか、そういうんじゃないんだ……なんていうか、その……責任を感じてしまってね。たしかにキミは、大人の女になったかもしれない。でもそれは、きわめて物理的な話さ。たったあれだけのことで大人の女とか、ましてやモテる女に変身できるわけがない。あれから一週間経つけど、誰かに言い寄られたかい？」

里穂子は首を横に振った。

「そうだろう？　キミはセックスを知ったけど、本当のセックスはまだわかっていないんだ。世界中の男と女が夢中になっている素晴らしい行為を、小指の先ほども理解していない」

「そんなことありません……」

里穂子が予想外の言葉を口にしたので、圭一郎はムキになってしまった。

「嘘を言うなよ。こないだのことで、セックスのなにがわかったって言うんだ。キミは痛がって泣きわめいてただけじゃないか。セックスの素晴らしさなんてちっとも理解してない……」

熱くなりすぎた自分を諫《いさ》めるように、圭一郎はアイスコーヒーを口に運んだ。太い息をひとつ吐きだしてから、話を続けた。

「でもまあ、それは体の構造上しかたがないことなんだ。女が最初のとき痛がるというのは……しかし、それだけじゃないことをキミに知ってもらいたい。僕が開発してやる。女としてすっかり開花させてやる。セックスの本当の悦《よろこ》びを知れば、そのときこそ本当に色気が出て、男にモテるようになるはずだ……」

無茶なことを言っている自覚はあった。もっともらしい理屈をどれだけ並べたところで、体目当てで若い女を口説いている醜悪な中年男にすぎなかった。

ただ、なにもかも嘘ばかりだったわけではない。彼女に性の悦びを知ってほしいという気持ちだけは偽りではなかった。

隠していたのは、里穂子に対して愛情が芽生えてしまったという事実だった。彼女を抱きながら愛おしさを覚えてしまったナイーブな心情だけは、どうしても口にすることはできなかった。こちらは既婚者だったし、二十歳の年の差も気になった。おかげでそんなふうに、歪んだ形で関係を継続させることを求めてしまったのである。

里穂子は拒まなかった。

それが二年にわたる不倫関係の端緒となった。二年という時間をかけて、圭一郎は彼女の体をじっくりと開発していった。セックスに向き不向きがあるとすれば、里穂子は間違いなく向いていた。最初の一、二カ月こそ緊張していたものの、次第に圭一郎の愛撫に体が応えはじめた。

いったん感じるツボのようなものを理解すると、そこからは早かった。圭一郎が眼を見張るほど乱れるようになり、舌と指でイケるようになった。初めて中イキに導いたときの感動は、いまも忘れることができない。里穂子は感極まって泣きだしてしまい、圭一郎もまた熱い涙を流しながら彼女を抱きしめた。

歪んだ形でスタートした関係だったが、一年もすると離れられなくなっていた。体を開発するとか、性の悦びを教えるという目的は遂げられたような気がしたが、だからといって別れることなんて考えられなかった。

そういう圭一郎の気持ちを、里穂子も理解してくれていると思っていた。こちらは既婚者で、会社では上司と部下、歳の差が二十もあるせいで、圭一郎から愛情を確認する言葉を口にすることはできなかったけれど、そういう障害を取り払って考えてみれば、ふたりはただの恋人同士、世間にあまたいる普通のカップルと、なんら変わりないはずだった。

圭一郎は里穂子に夢中だった。中イキができるようになってから、里穂子の快感の深さは回を重ねるほどに深まっていっているようだった。おまえは彼女を悦ばせるために生まれてきたのだと神様に言われたら、圭一郎は迷うことなくうなずいていただろう。圭一郎にとって、里穂子は掛け替えのない宝物だった。みずから処女を奪い、性のあれこれを一から仕込んだ女が、宝物でないはずがなかった。

2

その里穂子が、五年という歳月を経て、再び圭一郎の目の前に現れた。

彼女はいま、ピンクベージュのパンティ一枚というあられもない格好で、両脚をM字にひろげられ、同性ふたりからの愛撫を受けている。圭一郎が時間をかけて開発したボディが、絶頂寸前に追いこまれている。

まるで悪夢を見ているようだった。

なぜこんなことになってしまったのだろう？

世間に祝福される関係ではなかったけれど、自分たちはたしかに愛しあっていたはずだった。そうでなければ、二年もの長きにわたって、里穂子が体をゆだねてくれたはずがない。

なのに彼女は圭一郎の前から突然姿を消した。理由はわからない。五年が過ぎてから現れた理由もまた、頑なに教えてくれようとしない。

わかっているのは、五年の月日を経ても、里穂子の体は感じやすく、貪欲であるということだけだった。それはたしかに、圭一郎が愛した体だった。事務服を着ているときは無口で無表情でも、裸に剝いて性感帯を刺激すれば、淫らきわまりない百面相を披露する。男心をどこまでも揺さぶりたてるよがり顔を見せつけて、女に生まれてきた悦びを謳歌する。

「そろそろパンツ脱がしてほしいんじゃないですか？」

乃愛が里穂子にささやいた。

「すごいぐちょぐちょになってますよ。パンツ穿いてたら気持ち悪いでしょう？」

ささやきながら、股布をつんつんする。里穂子は答えない。きつく歯を食いしばり、真っ赤に染まった顔を必死になって横に振るだけだ。

「顔に似合わず頑固な人なんですね？」

美琴が口許だけで薄く笑う。

「女の愛撫で感じているのが恥ずかしいのかしら？　それとも宍戸さんの前だから？」

「素直になったほうがいいですよー」

乃愛が股布をぐりぐりする。

「わたしも美琴さんもイクところ見せたでしょう？　仲間に入ってくださいよ。イッたら気持ちいいですよ」

それでも里穂子が言葉を返さないので、乃愛と美琴はうなずきあった。里穂子の両脚をまっすぐに揃え、ピンクベージュのパンティをずりおろしていく。里穂子が悲鳴をあげる前に、すべてがさらけだされてしまう。

「やーん」

黒々とした剛毛を見て、乃愛が笑い声をあげた。

「すごいもじゃもじゃ。いまどき、こんな人いるんだ」

言いながらパンティを爪先から抜き、

「せーの」

と掛け声をかけ、ふたりがかりで再び両脚をM字に割りひろげていく。黒く茂った草むらはおろか、女の恥部という恥部があられもなくさらけだされてしまう。

里穂子は号泣した。気持ちはよくわかった。乃愛と美琴、そして圭一郎——三人の視線が、いっせいにその部分に襲いかかったからである。

パンティ越しとはいえ、ふたりがかりでさんざんに嬲られた里穂子の花は、無残に形を崩し、めくれあがった花びらの間から薄桃色の粘膜を見せていた。どこもかしこも、蜜を浴びてヌラヌラと濡れ光ってきた。マッサージオイルも混じっているのだろうが、それだけではない。なにしろ、白濁した粘液までが薄桃色の粘膜にからみついている。

「やだあ、本気汁まで出しちゃってるじゃないですか？」

乃愛がそれをすくって、里穂子の鼻先に近づけていく。

「こんなに感じてもらえるなんて、嬉しいというかなんというか……」

美琴はわざと呆れた表情をつくり、里穂子の顔をのぞきこんでいく。

里穂子は悔しさと恥ずかしさに唇を嚙みしめ、顔をそむけたが、彼女にできる抵抗はそれだけだった。無防備にさらけだされた女の花に、乃愛と美琴の手指が迫っていく。乃愛が割れ目をぐいっとひろげ、内側の肉ひだがひくひくしているのを嘲《あざけ》り笑う。美琴はクリトリスの包皮を剥き、敏感な肉芽に新鮮な空気をあてる。

「やっ、やめてっ！　触らないでっ！」

突然、里穂子が叫び声をあげて暴れだした。さすがに生身の花まで同性にいじりまされるのは耐えがたかったらしい。いままで溜めこんでいたものを爆発させてふたりの女から逃れると、呆気にとられている乃愛と美琴をよそに、亀のように体を丸めた。乃愛と美琴が不安げにこちらを見てきた。心配する必要はない、と圭一郎は笑いかけ、ベッドにあがっていった。

「帰りたいなら帰っていいんだぞ」

里穂子の背中に向かって言った。

「だが、ここにいるなら抵抗は御法度だ。どうするんだ？」

里穂子は亀のようになったまま、言葉も返してこない。

「またダンマリか？」

圭一郎は苦笑した。

「そういう態度は相手を不快にさせるだけだって、何度言ったらわかるんだ」

里穂子を背後から抱きしめる形で、彼女の体をあお向けに戻していく。ただ戻しただけではなく、左右の太腿を後ろから押さえこみ、脚を閉じられないようにする。少女におしっこをさせるような体勢で、動けなくしてやる。

里穂子は泣きながらいやいやをしたが、帰りもせず、言葉も返さないなら、こうするしかなかった。

「彼女がしゃべりたくなるようにしてやってくれ。もう遠慮はいらない」

圭一郎が乃愛と美琴に目配せすると、ふたりは淫らに顔を輝かせた。

本気汁まで漏らしておきながら抵抗した里穂子に対して、闘志を燃やしているようだった。乃愛が蜜壺に中指を突っこんだ。ぐりんぐりんと中を掻き混ぜては、蜜を掻きだすように抜き差しする。美琴はクリトリスをいじりはじめた。草むらを手のひらで包みこむようにし、中指をそっと動かした。派手なやり方ではなかったが、本気が伝わってきた。美琴はおそらく、自分で自分を慰めるときの要領で、里穂子の肉芽を刺激している……。

里穂子は必死に両脚を閉じようとしたが、後ろから男の力で押さえこまれていてはどうにもならない。ふたりがかりで好き放題に性感帯をいじられれば、呼吸がはずみだし、淫らな悲鳴をあげてしまうしかない。

乃愛が指責めを一本から二本にした。女の細指とはいえ、人差し指と中指を深々と埋めこまれた衝撃は強烈だったらしく、里穂子はのけぞってガクガクと腰を震わせた。同性の愛撫なので、刺激するポイントも的確なのだろう。里穂子はあっという間に切

羽つまっていった。紅潮した首に何本も筋を浮かべ、オイルと汗にまみれた双乳を、タプタプ、タプタプ、と揺れはずませた、

「いっ、いやっ……いやいやっ……いやあああーっ！」

里穂子のボキャブラリーはもう、そのひと言だけだった。後ろから抱えている圭一郎は、彼女の体が熱く火照っていくのを感じていた。震えもすごい。五体の肉という肉が、歓喜の痙攣を起こしていた。ましてや里穂子はグラマーだから、いやらしいほどに震えている。

「オマンコ締まってきましたよ」

二本指をねちっこく動かしながら、乃愛が淫靡な笑みを浮かべた。

「イキそうなんでしょ？　もうイッちゃいそうなんでしょ？　意地を張ってても、オマンコとっても気持ちいいんじゃないかな」

「イキそうなったら、ちゃんとイキそうって教えてくださいね」

美琴がささやく。

「言わないと、やめますからね。あれはつらいですよ。まるで地獄……寸止めの生殺し地獄……どんな淑女でも、子供みたいに泣いちゃいますから」

イキそうなんて言うものか――圭一郎は胸底でつぶやいた。羞じらい深い里穂子は、圭一郎にさえそんなことは一度も言わなかった。絶頂時のときでさえ、「イク」とい

うかわりに、別の言葉を絶叫する女なのだ。

ということは……。

これから里穂子を待ち受けているのは、寸止めの生殺し地獄……。

「なに勝手にイキそうになってるんですか？」

美琴が声音を尖らせ、クリトリスから手を離した。阿吽の呼吸で、乃愛も蜜壺から二本指を抜き去る。

里穂子がせつなげな悲鳴をあげて、もどかしさに身をよじる。本当に絶頂寸前だったようだ。圭一郎には感じとれなかったが、同性の眼は誤魔化せないらしい。

それで終わりではなかった。里穂子がほんの少し落ち着きを取り戻すと、乃愛と美琴は再び性感帯を刺激しはじめた。恐怖に身をこわばらせている里穂子を嘲笑うように、蜜壺の中を掻き混ぜ、クリトリスをいじりまわしていく。

絶頂寸前まで高まっていた里穂子が再びあえぎだすまで、十秒とかからなかった。体中を、ガクガク、ぶるぶる、と震わせて、ちぎれんばかりに首を振る。宙に浮いた足指をぎゅうっと丸めては、女の悦びを嚙みしめようとする。

だが、イキそうであることを自己申告しない限り、彼女の体が愉悦に満たされることはない。またもや寸前で愛撫を中断され、里穂子は生殺し地獄にのたうちまわることになった。

「素直になったほうがいいんじゃないか？」

圭一郎は後ろから里穂子の顔をのぞきこんだ。

「素直になれば天国に行けるぞ。『イキそうです』って言うだけでいいんだ。イクときには『イクーッ！』って叫べばいいんだ。子供でもわかる簡単な話だ」

里穂子はいまにも泣きだしそうな顔で、けれども悔しげに唇を噛みしめながら睨んできた。それができないことくらい、あなたがいちばんよく知っているでしょう？と言いたいようだった。もちろん、わかっていた。だからこそ言わせたいのだ。申し訳ないけれど、そうすれば、少しは捨てられた恨みを晴らせそうだ。

「言うんだよ」

後ろから左右の乳首をつまんでやると、里穂子はしたたかにのけぞった。太腿を押さえている必要はもうなさそうだった。女の花に刺激が欲しい彼女は、みずから両脚をM字に開いたまま、閉じる素振りさえ見せない。

「つまらないプライドを捨てて、彼女たちに『イカせてください』とねだればいい。ふたりともやさしいから、たっぷりとイカせてもらえるんじゃないかな？　二度でも三度でも、立てつづけに……」

物欲しげに尖りきった乳首をぎゅうっと押しつぶしては、豊満な裾野をやわやわと揉みしだく。里穂子がたまらず身をよじりはじめると、一時中断していた下半身への愛撫も再開された。

また寸止めゲームの始まりだ。

里穂子の羞じらい深さは、処女を奪い、二年にわたって体を開発してきた圭一郎が、誰よりもよく知っている。基本的に従順な女だったのに、「イク」と叫ぶことに関してだけは、不思議なほど頑なに拒んだ。

そんな彼女も、この状況では耐えられないだろうと思った。未来の人気AV女優である乃愛は好奇心旺盛で、小悪魔のように眼を輝かせて里穂子をもてあそぶことを心から楽しんでいる。九州ソープ界ナンバーワンの美琴は、言ってみればセックスのエキスパート、男の性感はもちろん、女の性感も熟知しているらしい。そして圭一郎は、里穂子の性感を一から開発していった男だった。乳房をどのように揉み、乳首をどうやっていじれば感じるのか、記憶にきっちりと残っている。

そんな三人に全身を揉みくちゃにされれば、五分ともたないだろう。

楽しみだった。

里穂子がプライドを捨てて絶頂をねだるシーンを想像しただけで、男根の先端から自分でも呆れるほど大量の我慢汁があふれてきた。

3

その結果は誰にも予想できないものだった。

三人がかりで徹底的に責めたのにもかかわらず、里穂子は堕《お》ちなかった。五分どころか、三十分以上も「イキそう」「イカせて」と叫ぶことを耐え抜いて、圭一郎を啞然とさせた。

三十分の間に、おそらく十回くらいの寸止めが行われた。そのたびに里穂子は激しくのたうちまわり、やがて涙さえこらえきれなくなった。それでも、こちらの軍門に下るつもりはないらしい。喉から手が出そうなくらい絶頂を欲しがっているのは一目瞭然なのに、歯を食いしばって拷問じみたこの焦らしプレイに耐えている。

眼の色を変えたのは美琴だった。

いつまでも素直になろうとしない里穂子に対し、憤っているようだった。セックスのエキスパートであるプライドを挫《くじ》かれた、と思っているのかもしれない。夜叉のように眼を吊りあげて、ハアハアと息をはずませている里穂子を睨んだ。

「このままじゃ、わたし、納得いきません。考えがありますので、徹底的にやらせていただいてよろしいでしょうか？」

圭一郎がうなずくと、美琴は部屋の片隅に置いてあったスーツケースからヴァイブと電マを取りだしてきた。どんなプレイを要求されるかわからなかったので、念のため用意してきたらしい。

「四つん這いにしてもらっていいですか？」

美琴が手にした道具を見て、顔面蒼白になっている里穂子を、圭一郎が四つん這いにした。美琴が電マのスイッチを入れる。ヴァイブは乃愛にまかせたようだ。まずは美琴が、里穂子のヒップを振動する電マのヘッドで撫ではじめる。それだけで里穂子の顔は、可哀相《かわいそう》なくらいひきつった。

「電マとヴァイブの刺激は強烈ですからね。途中でやめられると、喪失感というか欠落感がすごいんです。次に襲いかかってくるのが飢餓感です。三日間くらいなんにも食べてない状態で、目の前に熱々のお料理を並べられる感じ。涎《よだれ》がとまらなくなって、本当に餓鬼みたいになる……」

美琴の講釈を、乃愛が感心した顔で聞いている。つまり美琴さんも寸止めプレイで餓鬼みたいになったことがあるんですね？　と言いたいようだったが、賢い彼女は黙っていた。

振動する電マのヘッドが、里穂子の股間にあてられた。四つん這いの肢体がこわばり、両手でぎゅっとシーツを握りしめる。

「それじゃあ、あたしも……」

乃愛がヴァイブの切っ先を突きだされた尻の中心にあてがっていく。

圭一郎からは、里穂子の性感帯になにが起こっているのか、見ることはできなかった。乃愛と美琴が後ろにまわったので、前に陣取ったのだ。

「顔を見せるんだ」

伏せていた里穂子の顔を、顎をつかんで持ちあげる。

「よーく見せてくれ、電マとヴァイブで嬲られているみじめな女の顔を……」

彼女とセックスしていたとき、圭一郎は大人のオモチャの類いを使ったことがない。なんとなく、愛する女の体を穢《けが》すような気がして嫌だったのだ。しかし、このタイミングで使うことには異議はなかった。いまはむしろ、里穂子の体を穢してやりたい。どうあっても口を割ろうとしない彼女を、死ぬほど悶絶させてやりたい。

「……ぐっ！」

里穂子が眼を見開いた。ヴァイブを突っこまれたようだった。美琴が用意し、乃愛が操《あやつ》っているそれは、二十センチ以上ありそうな長大なサイズで、表面にイボイボがついていた。女の細指二本より、ずっと咥えこみ甲斐があるだろう。

里穂子の顔がみるみる紅潮し、歪んでいく。乃愛が抜き差しを始めたのだ。同時に、美琴が電マのヘッドでクリトリスを責めている。

つい先ほどまで寸止め生殺し地獄でのたうちまわっていた里穂子はすでに発情しきっていて、傷口に塩を揉みこまれるようだったに違いない。むろん、痛みではなく快感が体に染みこみ、いても立ってもいられなくなっていく。オルガスムスを嚙みしめたいという欲望が自分の存在より大きくなって、正気を失いそうになっている。

「こっちを見るんだ」

圭一郎は里穂子の顔を両手で挟み、強引に見つめあった。

「素直になれよ。素直になればイカせてもらえるぞ……」

里穂子は唸りながら、嚙みつかんばかりの顔で睨んできた。そんな形相の彼女を見たのは初めてだった。乃愛と美琴が彼女を堕とすことに闘志を燃やしているように、里穂子もまた、耐えきることに闘志を燃やしているようだった。

「まだ意地を張ってるんですかー」

乃愛が声をかけてきた。左手でヴァイブを操りながら、右手を見せてきた。人差し指に、なにかが被さっていた。コンドームらしい。

「だったら、お尻の穴も塞いじゃいますよ。これ、たまらないんですよねー」

「……ぐぐっ！」

こちらを見ている里穂子の顔がぐにゃっと歪んだ。乃愛の指が、アヌスに入ったのだ。里穂子の体を開発しきったつもりになっている圭一郎でも、そこまではさすがに手を出していなかった。せいぜい表面を舐めるくらいなもので、指を入れるようなことまではしていない。

「お尻の穴に指を入れられると、前の穴も締まるんですよ。アヌスそのものより、前が締まって気持ちいいの……」

美琴が一瞬、冷ややかな眼を乃愛に向けたが、すぐにやめた。スケベすぎるのはお互いさまだと思ったのだろう。

「ねえ、宍戸さん……せっかくだから、彼女の穴という穴を塞いでしまったらどうでしょう？」

美琴の提案を、圭一郎は一瞬理解できなかった。前の穴はヴァイブで、後ろの穴は乃愛の指で塞がれているから、残る穴となると……。

里穂子と眼が合った。彼女は圭一郎より早く、美琴の言葉を理解したようだった。必死に口を閉じようとしたが、はずむ呼吸と悶え声の出口になっているので、涎が垂れただけだった。

「よーし、それじゃあ最後の穴も塞いでやるか……」

圭一郎は膝立ちになり、勃起しきった男根を里穂子の眼と鼻の先で反り返した。

「やっ、やめてっ……」

里穂子は力なく首を振ったが、やめられるわけがなかった。五年ぶりに再会した元愛人の痴態を見せつけられ、男根は鋼鉄のように硬くなっていた。

口唇に咥えこませた。発情しきった里穂子の口の中は、唾液にまみれてヌルヌルとよくすべった。すかさずピストン運動を送りこんでいった。里穂子が鼻奥で悲鳴をあげる。眼尻が切れそうなほど眼を見開き、助けてほしいと訴えてきたが、助かる方法くらい彼女だって知っている。助かるどころか、天国に行ける方法まで……。

「素直になるか？」

男根を抜いて訊ねた。里穂子の口からあふれたのは大量の唾液だけだったので、再び咥えこませた。顔ごと犯すような勢いで、したたかなピストン運動を送りこむ。

「もうイキそうなんじゃないですか？」

美琴が言った。

「ホント！　お尻がぶるぶるしてる。オマンコもすごい締まってて、ヴァイブを押し返してきてますよー」

圭一郎はもう一度、男根を口唇から引き抜いた。

「素直になるか？　素直になれば、イカせてやるぞ。ダンマリのままなら、また寸止めだ。イキそうになった瞬間、生殺し地獄に真っ逆さまだ」

里穂子は声をあげて泣きはじめた。少女のように手放しで泣きじゃくった。そうしつつも、尻を振っているのがせつなかった。シーツを握りしめた両手も、可哀相なくらい震えている。

「……イカせて」

蚊の鳴くような声で言った。

「イカせてください……もう我慢できない……」

ひっ、ひっ、と嗚咽をもらしながら、ついに里穂子は陥落した。圭一郎は満面の笑みを浮かべ、乃愛と美琴を見た。彼女たちの顔にも、満面の笑みが浮かんでいた。

「ええーっ、いまなんて言いましたぁ？」

「よく聞こえなかったから、もう一回ちゃんと言ってもらえます？」

乃愛と美琴が、圭一郎の隣にやってきた。三人の男女の前で両手をついている里穂子は、まるで土下座をしているようだった。土下座とは違って、四つん這いの裸身からはいやらしいフェロモンだけが撒き散らされていたが……。

「もっ、もうダメです……おかしくなってしまいます……イッ、イカせてくださいっ……お願いしますっ……」

号泣しながら哀願する顔を、三人がかりでジロジロ見てやる。里穂子のプライドが崩れていく音が聞こえてきそうだった。

「ようやく、素直になれたじゃないですかぁ」

「じゃあ、イカせてあげましょう。素直になったご褒美に、好きな格好でイカせてあげる。後ろからと前から、どっちがいい？」

乃愛も美琴も、心やさしき女たちだった。彼女たちは里穂子に恨みを抱いているわけではない。同じ女として、寸止め生殺し地獄のつらさに、感情移入していたのかもしれない。

しかし……。

圭一郎は彼女たちとは立場が違った。里穂子が素直になったなら、どうしても訊ねておかなければならないことがまだ残っていた。

4

しっかりイカせるなら四つん這いよりもあお向けのほうがいいという美琴が言ったので、里穂子は再びあお向けで両脚をM字に割りひろげられた。

その両脚の間には、乃愛が陣取っている。左手にヴァイブ、右手の人差し指にはアヌス責めのためのコンドーム。

美琴は電マを片手に、里穂子の横に座っていた。クリトリスを電マで責めながら、乳房や乳首にも手が届く位置である。

そして圭一郎は、美琴と向きあう格好で、やはり里穂子の横に座っていた。

プライドを粉々に砕かれた里穂子は、もはや恥も外聞もないとばかりに、「イカせてください」を連呼して、淫らがましく身をくねらせている。完全にタガがはずれてしまった感じである。

圭一郎としては、見るにたえない姿だった。意地を張っていたときのほうが、どれだけ恥をかかされても美しさがあった。いまの里穂子は美しくない。発情している獣が滑稽なだけなのと一緒だ。

しかし、彼女をここまで追いこんだのは圭一郎の意志であり、そうする必要があったからだ。

「ああっ、イカせて……早くイカせて……」

「それじゃあ……」

美琴が電マのスイッチを入れようとしたので、圭一郎は手をあげて制した。

「その前に、彼女にどうしても訊いておきたいことがある」

少し待つように美琴と乃愛に目配せしてから、里穂子を見た。

「五年前、どうして僕を捨てたんだ。突然行方をくらまして、連絡もとれなくなった理由を教えてくれ」

里穂子は呆然とした顔をした。プライドを捨てておねだりの言葉を口にしているのだから、当然その見返りとして絶頂を与えてもらえると、信じて疑っていなかったのだろう。圭一郎の問いかけが、騙し討ちに聞こえたとしてもおかしくない。

「それだけ教えてくれれば、イカせてあげるよ」

双乳を裾野からすくいあげ、やわやわと揉みしだいた。

「だが答えなけりゃ、生殺し地獄が続くってわけだ……」

触るか触らないか、ぎりぎりのソフトタッチで乳首をくすぐると、里穂子は思いきり眼尻を垂らした。ようやく地獄を抜けだしたと思ったら、それ以上の地獄が待っていたというわけだ。

聡明な乃愛と美琴は、圭一郎の意図を一瞬にして理解したらしい。ふたりがかりで里穂子の体をくすぐりはじめた。乃愛は敏感な内腿を……美琴は脇腹や腹部を……。

「やっ、やめてっ……許してっ……もう許してくださいっ……」

里穂子はくすぐったさに身をよじりながら、顔だけを恐怖にひきつらせていく。

「言えば許してやる」

圭一郎は左右の人差し指に唾液をつけ、尖った乳首をくりくりと転がした。里穂子が大好きな愛撫のひとつだった。たとえ深夜のオフィスであっても、それをしながら後ろからペニスで突いてやると、為す術もなくゆき果てていった。

「なぜ僕を捨てた？」

胆力をこめて里穂子を睨む。

「どうして黙って姿を消したんだ？」

里穂子は睨み返してこようとしたが、顔の筋肉に力が入らず、紅潮した頬だけがみじめに痙攣する。くりくり、くりくり、乳首は唾液にまみれて撫で転がされている。内腿や脇腹にも、セックス巧者たちのくすぐりが続いている。

ソフトな刺激とはいえ、里穂子はすでに限界まで発情しきっていた。たとえて言うなら、風船の中に欲望という水がパンパンに詰まっているような状態なのだ。

風船であれば、内側からの水の圧力で破裂してしまうこともあるだろうが、残念ながらそうはいかない。クリトリスか蜜壺への、外側から決定的な刺激がなければ、里穂子という風船はどこまでもふくらんでいき、正気を失いそうなもどかしさだけが、いつまでも延々と続くのである。

恐怖にひきつっていた里穂子の顔が、やがて諦観《ていかん》に支配されていった。ようやくすべてを諦めたように見えたが、次の瞬間、カッと眼を見開いて叫び声をあげた。

「わたしは恋がしたかったんですっ！」

突然かつ切実な絶叫に、乳首を転がしていた圭一郎の指はとまった。乃愛と美琴も、同様の反応を示した。

「課長はっ……ただの体目当てだったじゃないですかっ！　セックスばっかりだったじゃないですかっ！　わたしは課長のことが好きだったのにっ……愛してるって言っ

てもいいくらいだったのにっ……全然恋人扱いしてくれないで、いつもいつもセックスばっかりっ！」

圭一郎は脳天をハンマーで殴られたような衝撃を受けていた。

いつもいつもセックスばっかり――たしかにそうだったかもしれない。圭一郎にも自覚はあった。しかし、ふたりの関係は他人には決して知られてはならない、秘められたものだったのである。寄り添って街を歩いているのを見かけられただけで、どんな噂がたつか知れない。

それに……。

圭一郎にとって、セックスこそ最高の愛情表現だった。普通のカップルのように振る舞えないかわりに、全身全霊を込めて里穂子を抱いていた。それを「体目当て」などと言われては立つ瀬がない。圭一郎はいつだって、里穂子ファーストのセックスをしてきたつもりだった。彼女の性感を開発し、女の悦びを教えこみ、それをさらに深めていくことだけに腐心していた。

しかし、当の里穂子が「体目当て」と思っていたのなら、そうなのかもしれなかった。圭一郎が彼女の体に執着していたのは事実だった。こちらとしては愛情の表現のつもりだったが、彼女の受けとめ方はまったく違っていたらしい。

里穂子の言葉は続いた。

「そういうことに悩んでいるとき、ひとりの男の人と知りあいました。同い年で同郷だったから、人見知りなわたしでもすぐに仲良くなることができて……課長のことを相談してみたんです。体目当てで遊ばれてるだけだって断言されました。わたしはさすがに怒って反論しましたけど、よくよく考えてみると……課長が離婚で揉めてるとき、関係を断ち切ったほうがいいって言ってきたのも彼でした。行くところがないなら、自分のところに来ればいいって……強引な人でしたけど、一日に百回くらい愛してるってささやいてくれました。わかりますよね？　わたしがグラッとした気持ち。二年間付き合って、課長は何回愛してるって言ってくれましたか？　わたしの記憶では、一回だってありませんでしたっ！」

激しい眩暈に、体を起こしているのがつらくなってくる。どうやら、捨てられたのではなく、寝取られていたらしい。毎日オフィスで顔を合わせ、三日にあげず体を重ねていたにもかかわらず、彼女の心変わりに気づくことができなかったなんて、間抜けな話である。間抜けすぎて涙が出てきそうだ。

おそらく……。

五年も前に関係を断ち切った男の元にのこのこ現れたのも、その恋人が関係しているに違いなかった。里穂子はよくも悪くもピュアな女で、はっきり言って世間知らずだ。同い年で同郷の男に強引に同棲にもちこまれた様子が、ありありと想像できた。

彼女には男を見る目がない。それまでの人生で唯一関係をもったのが既婚者の中年男なのだから、見る目なんて養われるわけがない。

里穂子がここにやってきた目的が金だとすれば、いま付き合っているその男は、仕事もせずに酒やギャンブルに溺れているようなタイプなのかもしれなかった。あるいはバンド活動やオタク趣味にのめりこんでいたりして、気がつけば借金で首がまわらなくなり、里穂子がひと肌脱ぐしかなくなったのだ。三國が彼女を探しださなければ、風俗に堕ちていたかもしれない。そんなありがちな不幸が、里穂子という女にはよく似合う。

もう帰ってくれ――言葉が喉元まで迫りあがったきた。

すべてを白状した里穂子に、もう用はないはずだった。彼女を帰したところで、人生最後のセックスをしてくれる相手は、極上の女がふたりも揃っている。乃愛も美琴も、本当にいい女だった。AV女優にソープ嬢――世間からは後ろ指を差される仕事かもしれないが、彼女たちはブレていない。流されて生きることに抵抗し、なおかつ心根のやさしさを失っていない。

一方の里穂子は、ブレブレで流されてばかりいる人生だ。恋がしたかった？　いつもセックスばかりだった？　たとえ愛してると口にしなくても、圭一郎は彼女を心から愛していた。恋心で胸を高鳴らせていた。キスをしながら、乳房を揉みながら、勃起しきった男根で抜き差しをしながら、いつだって心の中で、好きだ、愛している、と叫んでいた。

なぜ伝わらなかったのだろう？

どうしてわかってくれなかったのだろう？

やるせなさのあまり、全身から力が抜けていきそうだ。

5

「一日に百回愛してるってささやく男は……」

圭一郎は上ずった声で訊ねた。

「セックスもいいのかい？　僕よりもその……たくさんイカせてもらってるか？」

コクン、と里穂子はうなずいた。こちらをまっすぐに見て……。

圭一郎は見つめ返しながら、太い息を吐きだした。

不思議なことに、先ほど抜けていった力が、蘇ってくるようだった。

里穂子が嘘をついていると思ったからだ。圭一郎の知る彼女は、本当のことを言うときほど恥ずかしそうにしていた。うつむいたり眼をそむけているのが普通で、堂々としているのはたいてい、虚勢を張っているときだった。

もちろん、会わない時間が五年間もあり、４Ｐまがいの異常な状況下である。それを差し引いても、里穂子が本心から自分とするより気持ちのいいセックスをしているとは思えなかった。こちらが元妻に身ぐるみ剝がされても後悔しないほど夢中になっていたのに、一方の里穂子がそう思っていなかったというのが、どうしても信じられなかった。

愚かな男の勘違いかもしれないが、はっきりさせなければならないと思った。これは人生最後のセックスなのだ。里穂子の嘘を暴きたてるチャンスは二度とない。信じていたものをひっくり返されたまま、尻込みしているわけにはいかない。

「それじゃあ、僕に抱かれても、もうイカないかもしれないな？」

「……そうですね」

里穂子は眼をそらさず、挑むように答えた。

「泣きながらイカせてくださいと言っていたのは、どの口だ？」

「あんなことされたら、そうなるに決まってるじゃないですか。拷問に耐えきれる人がいないのと同じです」

「なるほど……」

圭一郎は腹の底から沸々と闘志が沸きあがってくるのを感じた。イカせてやろうと思った。この腕の中で、快楽にのたうちまわらせてやろうと……。

「どうしますか？」

乃愛が声をかけてきた。

「なんか彼女、急に生意気な口きいてるみたいですけど、やっつけちゃいますか？」

ヴァイブを掲げて意地悪な笑みを浮かべたが、

「いや……」

圭一郎は首を横に振った。

「彼女は僕ひとりでやっつける。ひとりでやっつけなくちゃならん……悪いが、キミたちは見守っててくれ」

乃愛と美琴はうなずいてベッドからおりた。ソファに並んで腰をおろし、こちらを見守る態勢を整えた。

人払いしてもよかったが、ギャラリーの前で正々堂々と里穂子を乱れさせたかった。見届け人がいれば、里穂子だって言い訳できないだろう。

彼女の両脚の間に移動した。M字開脚の中心、ふっさりと繊毛が茂った下をまさぐると、指が泳ぐほどに濡れていた。ねっとりと蕩《とろ》けた肉ひだが指にからみついてきた。懐かしさがこみあげてくる。クンニがしたいと思った。

蕩けた肉ひだ、肥厚した花びら、尖りきったクリトリス……再会を祝してたっぷりと舐めまわしたやりたかったが、これ以上焦らすのは男らしくない気がして、切っ先を濡れた花園にあてがっていく。ヌルリとした感触に男根がみなぎりを増す。

里穂子は息をつめつつ、挑むように睨んできた。唇を噛みしめているのは、声をあげないという意思表示だろう。

それでいい、と圭一郎は思った。彼女をイカせやすい体位はバックだった。あえて正常位を選んだのは、顔を見ながら抜き差ししたかったからだ。火花が散るほど視線をぶつけあっていたかったからだ。

上体を起こしたまま、腰を前に送りだした。びしょ濡れの割れ目はなんの抵抗もなく亀頭を呑みこんだが、里穂子の顔は歪んだ。ずぶずぶと奥に入りこんでいくほどに、ひきつり、こわばり、紅潮していった。

くびれた腰をつかんで、ストロークを送りこんでいく。ヌメヌメした感触が、一打ごとに気が遠くなるような快感を運んでくる。また懐かしさがこみあげてきて、圭一郎の胸は揺さぶられた。

乃愛のほうがよく締まったし、美琴に至ってはまごうことなき名器だった。

しかし、里穂子のほうがぴったりくる。相性の問題だろう。まるで刀に合わせて誂《あつら》えた鞘《さや》のように、里穂子の蜜壺は収まりがいい。抜き差しすればするほど密着感が増していき、性器と性器が一体になっていくような気がする。

これでも他の男のほうがいいのか？　圭一郎が視線を送ると、里穂子は唇を噛みしめながら睨んできた。まるで総毛を逆立てた猫だった。里穂子がこんな顔をしているのを初めて見た。圭一郎の前で、彼女はいつだって、おとなしくて従順な女だった。

いや……。

一度だけあった。

残業帰りに、初めてふたりで酒を飲んだときのことだ。圭一郎の失言に怒った彼女はハイペースで酒を呷《あお》り、どういうわけか処女をもらってほしいと言いだして、梃子でも動かない頑固な態度を貫いた。

面倒くさい女だと思ったたし、面倒くささが可愛らしくもあったが、その後、里穂子があういう態度を見せたことはない。ついさっき「わたしは恋がしたかった」と叫び声をあげるまでは……。

圭一郎は腰の動きに熱をこめた。男根の根元からカリのくびれまでを使い、ずんっ、ずんっ、と大きく突きあげてやる。

里穂子が挑むように睨んでくるのをやめないからだ。意地でもよがり顔を見せるつもりはないらしい。真一文字に引き結ばれた唇からは、嬌声はおろか、呼吸すら吐きだされていない。

とはいえ、新鮮な蜜はあとからあとから分泌されている。大量に漏らしすぎて、ずちゅっ、ぐちゅっ、と無残な肉ずれ音があがっている。里穂子は内心で、たまらなく恥ずかしい思いをしているはずだった。そんな音を、圭一郎だけではなく、乃愛や美琴にまで聞かれているのだから。

なのに、表情を変えようとしない。圭一郎がいつも魅せられていた喜悦の百面相を封印して、険しい表情を崩さない。

圭一郎はピッチをあげた。里穂子の両手をつかみ、M字開脚の女体を引き寄せながら、最奥をえぐる連打を放った。それでも里穂子は声をこらえている。衝撃にぎりぎりまで眼を細めつつも、こちらを睨んでくるのをやめない。

とはいえ、もはや無表情を保ってはいられなかった。子宮がひしゃげるほどの連打に、眉根がきりきりと寄っていく。瞳が潤み、頬が紅潮して、小鼻まで赤く染めた、いやらしすぎる顔になっていく。

「感じてるんだろう？」

小声でささやくと、

「感じてませんっ！」

三倍の声量で返された。

「嘘をつくなよ……」

圭一郎は里穂子の両手を離し、双乳を揉みしだいた。柔らかな隆起に深く指を食いこませると、里穂子は身をよじった。それまでは、身をよじることさえ我慢していたのだ。しかし、一度よじってしまうと、動きを制御できなくなった。むしろ、乳房を揉みしだかれる刺激に合わせて、淫らなほどに五体をくねらせはじめた。

唾液で濡らした指で乳首をくりくりしてやると、ひときわ激しく身をよじり、ハアハアと息をはずませた。唇もまた、一度開いてしまうと、二度と閉じることができなくなった。

「感じてるんだろう？」

圭一郎は悠然としたピッチでストロークを送りこみながら、今度はクリトリスをいじりはじめた。右手の親指を使って、はじくように……。

里穂子が眼尻を垂らした顔になった。あわあわと口を動かしながら、咎めるように見つめてくる。そんなことをしてくれるなと言わんばかりに……。

圭一郎は右手でクリトリスを刺激しながら、左手では乳首も刺激しつづけていた。そうなると、ストロークのピッチはあげられないが、三点同時攻撃に里穂子の我慢も限界に近づいているようだった。顔の紅潮が耳や首筋や胸元にまでひろがっていき、汗の粒が浮かんでくる。

「感じてるんだろう？」

里穂子はちぎれんばかりに首を振った。

「感じてなんか……感じてなんか……」

否定の言葉を吐きつつも、声音は弱々しくなっていくばかりだった。いまにも淫らな悲鳴を放ちそうだが、声の前に涙が出た。紅潮しきった双頬に、大粒の涙を流しながら、必死になって首を振る。

「感じてなんか……感じてなんか……感じてなんか……」

泣きながら痩せ我慢をやめない里穂子に、圭一郎の胸は熱くなっていった。現在の恋人に操《みさお》を立てているなら、いい女としか言いようがなかった。圭一郎に対する恨みが原因なら、それもまたいい女だとしか言いようがない。

恨むのは、愛情の裏返しなのだ。その証拠に、圭一郎の男根は限界を超えて硬くなっていく。圭一郎にしても里穂子のことを恨んでいた。恨んで恨んで恨み抜いてなお、これほどの興奮にいざなわれている。

満を持して上体を被せていった。抱きしめると、里穂子の体は呆れるほど熱く火照っていた。おまけに汗でヌルヌルだった。乃愛と美琴にかけられたオイルの残滓《ざんし》もあるのだろうが、新鮮な生汗の匂いがした。里穂子がセックスのときにかく汗は、甘ったるい匂いがする。

それを嗅ぎまわしながら、双乳を揉みしだいた。豊かな胸の谷間に顔を挟み、柔らかな弾力を味わった。腰は動かしつづけていた。乳首を口に含むと、里穂子は悲鳴をあげてのけぞった。ついに声をこらえきれなくなったようだった。

圭一郎はひとしきり乳首を吸いたててから、息のかかる距離まで顔を近づけていった。ハアハアとはずむ里穂子の吐息は、甘酸っぱい匂いがした。あらゆる匂いが発情を伝えてきた。表情はすでに切羽つまっている。抜き差ししている男根を、蜜壺がきつく締めつけてきている。

「イキそうなんだろ?」

里穂子は言葉を返さず、泣きそうな顔で見つめてきた。すぐに恥ずかしそうに顔をそむけた。ようやくいつもの彼女に戻ったようだった。意地を張るのをやめさせるまで、あと少しだ。

圭一郎はあえて腰使いのピッチを落とし、奥を突くのをやめた。浅瀬だけをねちっこく穿《うが》ちながら、興奮にギラついた眼で里穂子の顔をむさぼり眺めた。そむければ、両手で顔を挟んでこちらを向かせた。

里穂子はもう涙を流していなかった。先ほど流していたのは屈辱の涙で、いまその眼を潤ませているのは欲情の涙だ。トロンとした遠い眼でこちらを見つめながら、断続的に淫らがましい声をあげる。

密着させた素肌に、震えが伝わってきた。震えどころか、圭一郎の送りこむリズムに合わせて、腰を動かしはじめる。ぎゅっと両手でしがみついてくる。背中にミミズ腫れができそうなくらい、爪を立てて引っ搔いてくる。

圭一郎はさらに腰使いのピッチを落とした。男根が抜ける寸前まで腰を引いていき、その状態で、二秒、三秒と間をとってやる。里穂子はひどく焦った顔をして、再び入れ直してやると安堵を嚙みしめるように瞼を落とした。

「眼を開けるんだ」

従順に薄眼を開けた。

「どうしてほしい？」

「……おっ、奥まで……」

「はっきり言え」

「おっ、奥までっ……届かせてくださいっ……」

「そんなことしたらイッちゃうんじゃないか？　イキたいのか？」

コクコク、と顎を引いてうなずく。

「これも拷問みたいなものか？」

今度は首を横に振った。

「じゃあ、しっかり口に出しておねだりするんだ」

「……イカせて」

「聞こえない」

「イッ、イカせてっ！　イカせてくださいっ！　もうダメッ！　がっ、我慢できませんーっ！」

絶叫した唇に、唇を重ねた。舌を差しだし、からめあわせた。里穂子は一瞬、白眼を剝きそうになった。醜悪にも見えるその表情が、たまらなく可愛かった。思いきり舌を吸いたてつつ、腰使いのピッチをあげていく。あふれだした新鮮な蜜をエラで掻きだすイメージで、したたかに抜き差しする。

それから、望みを叶えてやった。はちきれんばかりに硬くなった男根で、最奥に怒濤《どとう》の連打を送りこんだ。子宮をひしゃげさせる勢いで突きあげると、里穂子はキスを続けていられなくなった。喉を突きだして悲鳴を放った。グラマーなボディを、ガクガク、ぶるぶる、と震わせながら、手放しでよがりはじめた。

熱狂が訪れた。圭一郎は呼吸も忘れて腰を使った。よがる里穂子の百面相を堪能しながら、突いて突いて突きまくった。絶頂寸前のこのとき、里穂子は女として満開に開花する。紅潮し、くしゃくしゃに歪んでいる顔が、この世のものとは思えないほど美しい。

「ダッ、ダメッ……もうダメですっ……」

涙眼ですがるように見つめてきた。圭一郎はうなずいた。里穂子の黒髪にざっくりと指を入れ、後頭部を押さえた。

「眼を閉じるなよ」

至近距離で視線をからめあいながら、腰を振りたてた。渾身のストロークで、女体をどこまでも翻弄しきった。里穂子の体がこわばる。こわばりながら痙攣している。背中に爪が食いこんでくる。

「あっ、愛してますっ……」

圭一郎は息を呑んだ。

「あっ、愛してますっ……愛してます、課長っ……ああっ、いやあああっ……愛してますっ！　愛してっ……はぁあああああーっ！」

ビクンッ、ビクンッ、と腰を跳ねあげ、里穂子が絶頂に駆けあがっていく。にわかに締まりを増し、蛇腹《じゃばら》のように蠢動《しゅんどう》しはじめた蜜壺が、男の精を吸いだしにかかる。圭一郎は射精をこらえきれなくなった。こらえようとも思わなかった。里穂子と一緒に、果てたかった。いっそこのまま逝ってしまいたかった。

二度とこの愉悦を味わえない残りの人生になど、未練などあるはずがなかった。女に生まれてきた悦びにのたうちまわっている里穂子を強く抱きしめながら、欲望を爆発させた。意識が飛びそうな衝撃に揉みくちゃにされながら、圭一郎は耳底に残った里穂子の声を聞いていた。

愛してます、愛してます、愛してます……。

エピローグ

眼を覚ますとベッドルームには誰もいなくなっていた。

遮光カーテンの隙間から清らかな朝日が差しこんで、男として最後の夜が終わったことを告げていた。バスローブを羽織って部屋を出た。窓の外の景色はゆうべとは一変し、東の空からのぼった太陽が大都会東京にまぶしい光を降り注いでいた。

「おはようございまーす」

乃愛が手を振ってきた。美琴と並んで座っていた。目の前のテーブルには香ばしく焼けたパンやトマトジュースや卵料理が並んでいる。

「ルームサービスで頼んじゃいました。大丈夫ですよね？」

「もちろん」

圭一郎は柔和な笑みをうかべてうなずいた。彼女たちには、いくら感謝しても足りないくらいだった。ゆうべは結局、里穂子とまぐわったあと眠りについてしまい、ふたりを放置することになってしまった。いささか申し訳なかったが、あの後なにかしてもつまらない蛇足になるだけだと思った。聡明な彼女たちなら、そんなことくらいわかってくれていると思うが……。

リビングには、大切な商品を回収しにきた女衒たちの姿もあった。圭一郎はノートパソコンを起ちあげ、インターネットバンキングにアクセスした。きっちり一千万ずつ、島津と浅丘が指定した口座に振りこんだ。さらに、三國の指定した口座にも五百万……。

支払いを終えると、なんだか妙にすっきりした気分になった。ゆうべの出来事が、まるで夢のように感じられた。実際、夢のようなものだったのだろう。大変な散財をしてしまったが、いい夢を見られたのだから後悔はしていない。里穂子が放った言葉には傷つけられたところもあるが、最後には一緒にイケたのだ。いいところだけを記憶に残して、あとは忘れてしまえばいい……。

窓辺でぼんやり朝日を眺めていると、三國が近づいてきた。

「素晴らしい一夜になりましたか？」

圭一郎は照れ笑いを浮かべながらうなずいた。感謝というなら、乃愛や美琴以上に三國にしなければならないはずなのに、あまりそういう気持ちになれないのはどうしてだろう？

「ひとつ、告白しておかなければならないことがあります」

三國が声をひそめて言ってきた。

「口どめをされていたせいもあるのですが、私、嘘をついてました」

「……なんですか？」

圭一郎は身構えてしまった。いまのいい気分を台無しにするようなことだけは言ってほしくなかった。

「川奈里穂子は、私が捜しだしたわけじゃないんですよ。向こうからやってきたんです。私の事務所に……」

意味がわからなかった。

「五年前まで勤めていた会社の上司を捜してほしいってね。もちろん、宍戸さん、あなたのことです」

まだ事情が呑みこめない。

「さすがにびっくりしましたよ。オーディションの三日前のことですからね。まったく別のルートから現れた人が、あなたの名前を口にするなんて……」

「なっ、なぜ？　どうして彼女は僕を捜していたんだ？」

「罪悪感に駆られてとか、良心の呵責《かしゃく》に耐えかねてとか、そういうことを言ってましたな」

「……罪悪感？」

「ある日突然、あなたの前から姿を消したんでしょう？　あなたから話を聞いた限りでは、若い女にありがちな心変わりだと思っていたんですが、どうやら深い事情があったらしいです」

「なんですか？」

「あなたの元の奥さんが、私らみたいなプロを雇って彼女にコンタクトをとったんです。会社を辞めてあなたの前から姿を消せと……そうしなければ、不倫の事実を会社に知らせると……まあ、脅しに近いですな。不倫が会社の知るところになれば、あなたは間違いなく左遷《させん》の憂《う》き目に遭っていた……彼女はあなたを守るために、あなたの前から姿を消したんです」

圭一郎はにわかに言葉を返せなかった。

「ただ最近、偶然再会したかつての同僚から、宍戸さんはとっくに会社を辞めているという話を聞いたらしいんです。五年間、あなたのことがずっと忘れられなかったと言ってました。三十路にもなって、なに乙女《おとめ》みたいなこと言ってるんだ、と最初は私も思いましたよ。でも、彼女は真剣だった。あなたに会ってひと言謝らなければ気がすまないって……あまりに真剣なんで、わたしはうっかり守秘義務を忘れて、あなたの現状を話してしまいました」

「そそのかして連れてきたんだろう？」

「まさか。彼女のほうから参加したいって言いだしたんです。私は島津さんや浅丘さんの実力を知ってましたからね、勝算はよくて三割だろうと予想してました。いくら昔の女だっていっても、選りすぐりの若くて綺麗なタマと比べられるとなると……すると彼女は賞金はいっさいいらないと言ってきたんです。自分はただ、宍戸さんに会いたいだけなんだと。オーディションに落ちても、ほんの少し話ができればいいんだと。大きな手術を控えているとなればなおさら……ほだされてしまいましてね。不利を承知でエントリーしてもらったわけです……」

銭ゲバ風情の三國が、賞金をあっさり半額にしてきておかしいとは思っていたが、里穂子の取り分がなかったのなら納得できる。あわよくば全額をかっさらい、半額にしても他の女衒と同じ取り分、というからくりだったのだ。

いや、そんなことはどうだっていい。

「彼女にはいま、付き合ってる男がいるんですよね？　同い年で同郷の……」

「そんなことはないんじゃないですか。わたしがすこぶる聞き上手なのはご存じでしょう？　他のクライアント同様、彼女からも身の上話をきっちり聞かせてもらいましたが、男の話は出てこなかった……」

ならばなぜ、あんな嘘をついたのだろう？

「ところで、彼女はどこに行ったんですか？　バスルーム？」

三國は首を横に振った。

「ついさっき帰りましたよ。ふらふらしてたんで、少し休んでから帰ったほうがいいと言ったんですが……もう満足したからって……」

圭一郎はあわてて服を着て、部屋を飛びだした。ホテルから駅までは、大きな公園の遊歩道を抜けるのが近道だった。街が目覚めるのはまだ少し早く、ガランとした道を全速力で走った。

里穂子の姿は見当たらなかった。ふらふらしていたならベンチで休んだりしているかもしれないという期待も裏切られ、見つけることができなかった。また姿を消すつもりなのか……五年前の喪失感がぶり返してきて、冷静ではいられなかった。彼女に恋人がいるなら、このまま別れていいと思った。しかし、嘘ばかりつかれたままでは気がすまない。最後に叫んだ「愛してる」は、「イク」と言うのが恥ずかしいのではなく、彼女の本心だったのではないかと思えてくる。

ホテルに戻って三國にかけあい、連絡先を教えてもらうしかないようだった。探偵には守秘義務があるなんて言わせない。こちらの個人情報をダダ漏れにしておいて、そんな理屈は通らない。お望みなら、いくらか金を積んでもいい……。

だが、そのとき。

ダウンコートの前を合わせながら、ふらふらとこちらにやってくる人影が見えた。

里穂子だった。

「なにやってる?」

急いで駆け寄って声をかけた。里穂子は驚いたようだったが、

「……迷っちゃいました」

顔をそむけて自虐的な笑みを浮かべた。そういえば彼女は絶望的な方向音痴で、スマホの地図を見ながらでも平気で道を間違える女だった。

「課長こそ、なにやってるんですか?」

スーツを指差して苦笑した。あわてて着たうえに走ったので、火事場から飛びだしてきたように乱れていた。

「三國から話は聞いた」

里穂子の顔がこわばる。

「新しい恋人なんていないんだろう? なぜあんなつまらない嘘をついた? 俺を捜すために、やつの探偵事務所に自分から行ったんだろう?」

うつむいて答えない。

「なんとか言えよ」

「……嫌われたかったんです」

「はあ?」

「最初はそんなつもりじゃなかったんです。全部話してごめんなさいって……それだけ言うつもりで……でも……」

「でも？」

「最初に顔を合わせたときの課長の眼がとっても怖くて……ああ、わたし嫌われてるな、恨まれてるなって……わかっていたはずなのに、身がすくんじゃって……本当は、オーディションのとき三國さんの制止を振りきって、ごめんなさいをする予定だったんです。三國さんがそのほうがドラマチックだからって……でも、怖くてとってもできなかった……結局わたしはオーディションで選ばれなくて、これで終わりだなって思ってたんですけど、三國さんが掛けあってくれて、なんとか残ることができて……そのときも課長がわたしを見る目はとっても怖くて、でも悪いのはわたしだから我慢しようって……どんな言い訳したって、ひとつの家庭を壊したことは事実じゃないですか？」

「僕を守るために姿を消したんだろう？　不倫のオフィスラブを会社に知らせるぞって脅されて」

「それもありますけど、それだけじゃないというか……やっぱり怖かったんです。奥さんの代理の人は、言うことをきかないとわたしのことも訴えて何百万も慰謝料とるみたいなことを言ってたし、そもそも人の家庭を壊して自分だけ幸せになったりしたら、バチがあたるんじゃないかって……怖くて逃げだしたんです……だから嫌われるのも憎まれるのも当然なんですけど……でもそのうち……うまく言えないんですけど、課長に怖い眼で見られることが、だんだん気持ちよくなってきたんです。嫌われたり、憎まれたりすることが……だからもっと嫌われてやろうって……馬鹿ですよね？」

「……馬鹿なもんか」

圭一郎は静かに首を横に振った。

「うまく言ってやろうか？　そのときのキミの気持ちを……なぜ僕に怖い眼で見られて、気持ちよくなったのか」

里穂子はキョトンとした顔をしている。

「嫌うのも憎むのも、愛情の裏返しだからさ。愛していない相手のことを、嫌ったり憎んだりできないんだ、人間ってやつは……」

抱きしめた。目頭が熱くなりそうだった。伝わっていたのだ。言葉にせずとも、視線だけで愛が伝わっていたことが、嬉しくてしようがなかった。

「もう、僕の前から消えたりしないでくれ。お願いだから……」

「課長っ……わたしっ……」

里穂子がすがるような上目遣いを向けてくる。

「本当に言いたかったことを言ってもいいですか？」

「ああ」

「課長がその……エッチできなくなってもいいですよって……側にいたい……側にいるだけでいい……入院とか手術とか、ひとりじゃ大変でしょう？　わたしがお世話します……お世話させてください……」

「泣くなよ……」

圭一郎は涙で濡れた里穂子の頰を手のひらで包んだ。濡れているのに燃えているように熱かった。唇を重ねた。泣くなよと言った圭一郎の眼からも、熱い涙がしたたり落ちた。

愛している、とささやくのに、いまほどうってつけの瞬間はなさそうだったが、ささやかなくても伝わる気持ちのほうを大切にしたかった。

二日後の手術はキャンセルしようと思った。癌の治療法はなにも、手術だけではない。男性機能を維持したまま治療する方法を、真剣に模索してみればいい。たとえ手術を先延ばしにしたことで寿命が縮まっても、後悔はしないだろう。

圭一郎はまだ、男でいたかった。

男として、里穂子を愛したかった。


（了）

＊本作品はフィクションです。作品内に登場する人名、地名、団体名等は実在のものとは関係ありません。

長編小説
淫夜《いんや》究極《きゆうきよく》オーディション
草凪《くさなぎ》優《ゆう》

2019年12月5日　初版第一刷発行

ブックデザイン……………………… 橋元浩明(sowhat.Inc.)

発行人…………………………………… 後藤明信
発行所…………………………………… 株式会社竹書房
〒102-0072　東京都千代田区飯田橋2－7－3
電話　03-3264-1576（代表）
03-3234-6301（編集）
http://www.takeshobo.co.jp
印刷・製本………………………… 中央精版印刷株式会社

ISBN978-4-8019-2078-1　C0193